社文庫

読んで旅する鎌倉時代

高田崇史　ほか

講談社

読んで旅する鎌倉時代　目次

伊豆近郊地図

地図製作　アトリエ・プラン

鎌倉地図

円覚寺
北鎌倉駅
神奈川県
鎌倉市
浄智寺
建長寺
覚園寺
銭洗弁財天
宇賀福神社
8
鎌倉宮
12 鶴岡八幡宮
源氏山公園
JR横須賀線
若宮大路
小町通り
金沢街道
10 宝戒寺
鎌倉市役所
鎌倉駅
今小路
滑川
高徳院
由比ヶ浜駅
和田塚駅
安養院
長谷駅
江ノ島電鉄
JR横須賀線
由比ガ浜 11
光明寺
逗子市
相模湾
N
0
500m
1:37,000

人物相関図

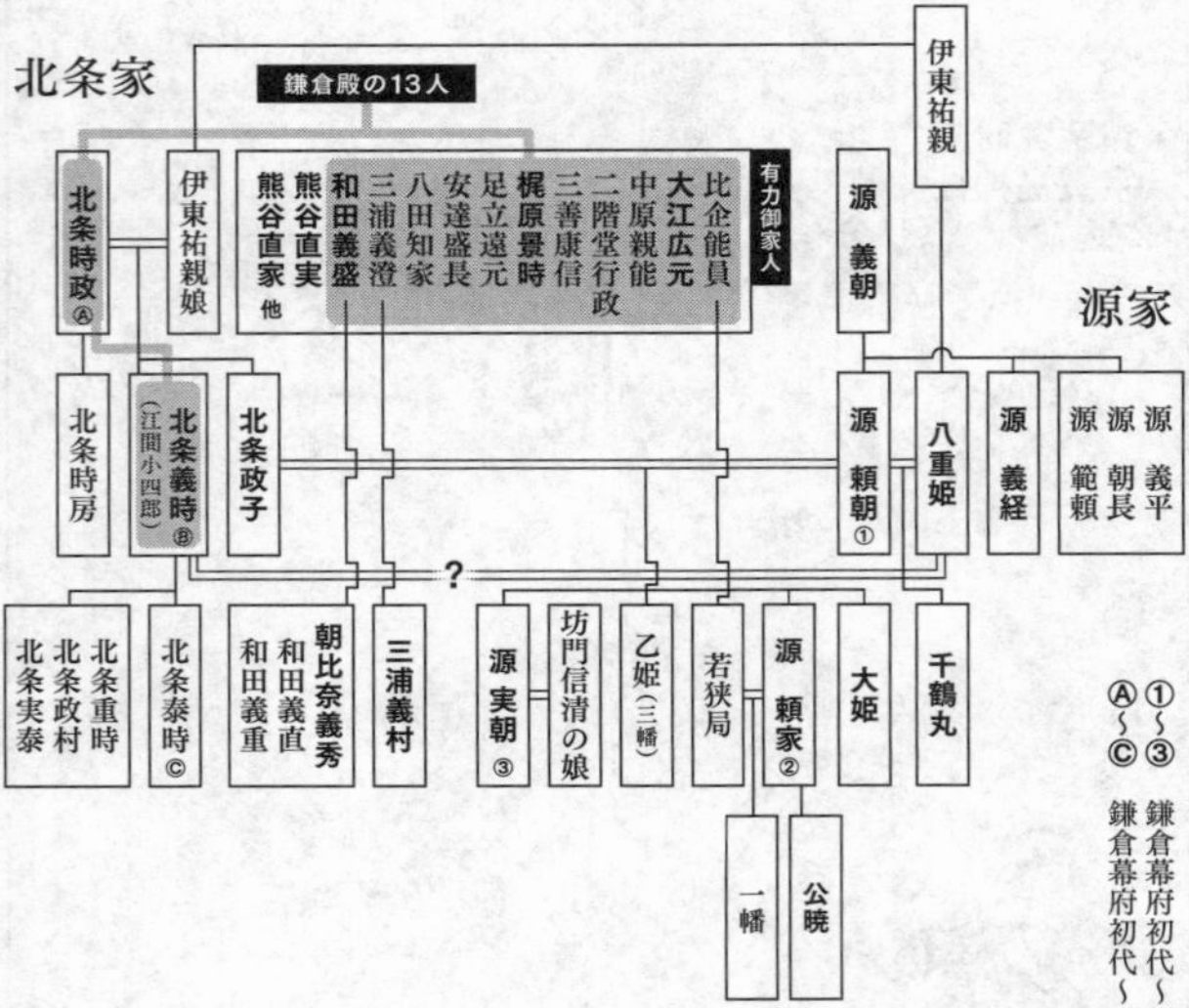

※人物相関図には諸説あります　＝は婚姻関係を示す

読んで旅する鎌倉時代

一樹の蔭《かげ》

小栗さくら

蛭ケ小島

平治の乱での敗北後、平清盛の継母・池禅尼によって助命された源頼朝は、当地に配流され、永暦元年（1160）2月の14歳の少年期から、治承4年（1180）8月に旗揚げする34歳までの20年間をこの地で過ごしたとの言い伝えがある。当時は洪水の度に流れを変えていた狩野川の中州、あるいは湿田の中の微高地（田島）であったと考えられている。

❶地図
◆静岡県伊豆の国市四日町17-1
◆伊豆箱根鉄道
韮山駅から徒歩約10分

強い風に臆することなく、ひたすら山頂を目指していた。頂《いただき》に近くなるほど風が轟々《ごうごう》と音をたて、行く手を阻もうとする。しかし何故か立ち止まる気にはならない。岩が多くなってきた足元も苦にならず、身は軽いくらいだった。女の身では到底進めぬような急な峰を、息も切らさず登っていく。

そのうちに空が眩《まばゆ》いばかりに光り始め、左頰を照らしていく。あれは東から訪れる朝日だろうか。右頰は未だ夜の中にいるのにおかしなことだ。左から照らす光は、やがて手のひらほどの塊《かたまり》となり、右の闇からは微かな青白さをまとう塊が浮かび上がった。二つの玉は、女のもとへ吸い寄せられるように近づくと、両の袂へ入り込み、消えてしまった。

——これは、月と日なのだわ。

平生なら妙に思うことも、今は当然のように思えた。女は月と日をたずさえ、さらに峰を進んでいく。

——とうとう着いた。

山頂だ。気づけば雲を追い越し眼下に見下ろすほど高い場所にいた。人の頭より大きな岩がそこらじゅうにある地面には、草も花もほとんどない。ただ一本、女の背を超す木だけが実をつけている。これは橘《たちばな》ではなかろうか。親指ほどの大きさの橙《だいだい》の実が愛らしく、実が三つ生《な》る枝を思わず折り、かざしてみる。艶やかな果実は、世の理《ことわり》を映すように、光と闇をその身に受けていた——。

「姉上、まったく不可思議な夢でしょう?」

政子《まさこ》の二歳下の妹は、夜が明けると足音を立てて室《へや》に入ってきた。何ごとかと驚きつつもひとまず落ち着かせると、彼女は先のように細やかに夢を語り始めたのだ。

「確かに不可思議ね。月と日に橘とは……」

政子は夢の内容をなぞるように言葉にすると、何かが引っ掛かった。開いた右手の人さし指を唇にあて、記憶の隅にあるその引っ掛かりを懸命に探る。

すると、昔父に聞いた古《いにしえ》の帝《みかど》の話が思い浮かんだ。

「その夢は売るべきだわ！」

浮かぶなり言葉が口をついて出ていた。それと同時に政子は身を乗り出し、妹の両肩を摑む。高揚で唇は小刻みに震え、大きく開かれた目からは切実さと期待が入り混じったものが見え隠れしている。政子の面持《おももち》こそ、人から見れば不可思議に満ちていたかもしれない。

「姉上、夢を売るとはいったい……」

勢いに圧倒されている妹に、政子ははっとして頰をゆるめる。

「いいこと、それは逆夢《さかゆめ》といって、目出度《めでた》いように見えて恐ろしい夢よ。あなたに悪いことをもたらすに違いありません。そのままにしてはいけないわ。あなたもそう思って気になり、私に話したのでしょう？」

「それは……」

確かに、と尻すぼみの言葉を発すると、彼女は項垂《うなだ》れた。政子は肩を摑んでいた手を妹の両手の上に置くと、しっかりその手を握る。

「でも心配ありません。悪い夢は人に売ると良いというじゃありませんか。私に売りなさいな。あなたの代わりになりましょう」

政子はこれが悪夢などではなく、吉兆の夢だと分かっていた。古の帝が橘の実を妻に食べさせ、世継ぎが生まれたという話を父から聞いたことがある。世継ぎとは無論次の世を統べる者だ。懐妊出産、そして世継ぎという目出度いことだらけの夢。帝に繋がるこの話を知っていれば、すぐに妹も慶事だと思ったことだろう。

しかし政子はそれを言わない。すでに二十一という年になった政子には後がなかったからだ。周りはすでに嫁いでいるというのに、どういうわけか政子には良い話の一つも出てこない。父の寵愛が強いからだろうか。

見目だってどちらかといえば良いはずだ。手をかけずとも整った柳眉《りゅうび》も、その下で輝く意志の強い瞳も、すっと伸びた細い首も、褒められたことしかない。

けれども政子はそんな褒め言葉より、そこらの娘と同じく、いやそれ以上に恋というものに溺れてみたい気持ちが強かった。憧れの気持ちだけが急いて時が過ぎ、色めいたことは欠片《かけら》も起こらない。だからこそ、この喜ばしい夢を逃すわけにはいかなかった。

――あなたには、私より先があるでしょう？

そんな思いを抱きながら妹を見つめていると、困ったような瞳で見つめ返された。

「でも、そうしたら姉上が恐ろしい目に遭うのでは……？」

「そんなことはないわ。悪夢は人に売ってしまえば転じるものなのです」

後ろめたくないと言えば嘘になる。しかしそれ以上に、この吉夢から始まるはずの壮大な世界に手を伸ばすことに心惹かれる。

「そうだわ！　父上からいただいた唐物の鏡が欲しいと言っていたでしょう？　あれで買うというのはどう？」

「え！　よろしいのですか！」

妹の顔は、先ほどまでが嘘のように明るくなり、政子より少し高い声が室に響く。

「もちろん。でも、これほど大ごとの夢なのですから、それだけでは足りないわね」

政子は神に供え物をする時のように、厳かな気になりながら考えた。夢の代わりになるのなら、自分の気に入りのものでも与えたい。

「ああそうだ！　唐綾《からあや》の小袖がいいわ」

「あの薄紅の？」

「ええ、袖だってまだ一度しか通していないものよ」

「以前から欲しかったものが二つも手に入るのなら、夢を見て得した気分です。私は寝ていただけで何もしていないのに」

妹はすっかり気をよくして、政子が漆箱から取り出した鏡を童女のように持ち上げる。

ふとその時、庭にはないはずの、柑橘の清々しい香りが舞い込んできた気がした。政子は室の外へ目を向けるが、そこにはいつもと変わりない松の木々が見えるだけだった。

ほどなくして、夢の効験は表れた。安元《あんげん》元（一一七五）年九月、一人の男が北条へとやってきたのだ。

父や弟たちは、伊豆に似つかわしくない洗練された男を、随分と手厚く出迎えた。政子はその様子を、庭木の陰からそっと覗く。

伊東祐親《いとうすけちか》のもとから逃れてきたという男は、罪人として都から流れてきた者だった。平治《へいじ》の乱で敗死した源　義朝《みなもとのよしとも》の子で、名は頼朝《よりとも》という。齢《よわい》は三十ほどだろうか。

流人《るにん》とはいえ貴種であることに変わりはないため、父時政《ときまさ》は礼を持って迎えているのだ。

政子は三、四間先にいる男に魅入られたように息を止めていた。

――なんという理知に溢れた目元だろう。

父に対する辞儀一つも、粗野なところが少しもない。都人《みやこびと》とはかほどに洗練されたものなのだろうか。いや、都から下ってくる役人とてこのような空気をまとっていたことなどなかった。

身に吹き込む強い風もなめらかなそよ風に変えてしまうような、柔らかさと強《したた》かさを持ち合わせていた。

「佐殿《すけどの》、よくぞご無事で。ささ、遠慮なさるな」

佐殿と呼ばれる所以《ゆえん》は、彼がもともと右兵衛権佐《うひょうえごんのすけ》に任じられていたからだ。乱により官位はないものとなっていたが、一度その役に就いたという事実は十数年経っても残る。

「四郎《しろう》(時政)殿、かたじけない。このように急な訪《おとな》いにもかかわらず受け入れてくれたこと、有難く思うております」

「なんのなんの。祐清《すけきよ》殿から事情は聞いております。今は体も心もお休めなされ」

「事情」のことは政子も聞いていた。

ほんのひと月かふた月前だったろうか。狩野川《かのがわ》の向こうに随分と美しい女子《おなご》が嫁いできたという噂があった。その女子は伊東祐親の娘で、罪人と縁を結んでしまったために、祐親が激怒して引き離したのだという。その罪人こそが「佐殿」だ。

「佐殿」が祐親から逃れるため北条へ来ると聞いた時は、罪人という言葉と、罪人でありながら自分の見張り役となった男の娘と情を交わしたとはいかなる人物かと不快に思った。政子には己の立場を顧みることの出来ない不誠実な男に思えたのだ。

しかし頼朝をひと目見て、そのような思いは霧散してしまった。

「おや……」

ふと頼朝が庭木へと視線を向ける。政子は驚いて身を隠すが、その寸前に男と目が合ってしまった。

ひゅっと短く息を呑む。しかし目が合ったのも刹那のことで、父たちが気づく間もなく頼朝の視線は元へ戻った。

——間違いない。あの方こそ、橘の君。

生来思い込むとそうだと決め込む癖のある政子だったが、異性に対し、このように確信めいた気持ちを持ったのは初めてだった。人生で一度も経験したことのない高揚が、痺れるように体を駆け巡る。

時政が頼朝を邸内へ案内するため誘導すると、頼朝はそれに従い邸《やしき》に足を踏み入れた。しかし入る手前で、男がもう一度庭木へ目をやったことを、隠れていた政子は気づかなかった。

それからふた月ほど経った日、政子は悲しみに暮れながら妹と抱きしめ合っていた。冬のしんとした空気は、北条邸に立ち込める重苦しさと相まってより冷えて感じる。

「母上……っ」

泣きじゃくる妹の背を撫でながら、政子自身の瞳もわずかに濡れていた。朗らかで聡明だった母が、病で命を落としたのだ。日ごろ何ごとにも大仰に振舞う父も、今日は口を閉じたまま声を発することがない。

「母上も、父上がお傍におられてさぞお心強かったと思います」

母の亡骸の前に座り込む時政に、政子はなるべく労りを乗せて声をかけた。

母の死を皆と共に悲しみたいのに、姉として娘として支えとならなければという気持ちばかりが先行する。兄弟の中では政子が一番長く母と過ごしている。悲しくないはずがない。けれど肩を落とす者やすすり泣く者が目の前にいると、自分も同じように感情をあらわにすることができないのが政子だった。この場をどうにかしなければと無理矢理にも奮い立ってしまうのだ。

「……母上がお好きだった花を摘んでまいります」

霜月の寒空に母の好きな花などない。母の傍にいたい気持ちと、一人で泣き叫びたい気持ちがせめぎ合い、結局政子は言い訳を残して邸を出た。

狩野川沿いの北条邸周辺には、川風が爪の先まで冷やすように吹いている。川沿いにも、目の前の守山《もりやま》にも今日は人が多いようだ。母を悼んで来てくれた者たちなのだろう。常ならば人と過ごすのが好きな政子だが、今日ばかりは人目を避けたかった。

誰にも行き当らぬように、気づかれぬようにと、俯きながらひたすらに歩く。あぜ道を抜け、邸から離れるほどに民家が減っていく。そのことに少し安堵した政子は、歩みを緩めて顔を上げた。

「橘の木……」

政子の背をゆうに超す橘は、艶やかな葉を茂らせていた。昨夜の雨に打たれたのか、細かな水滴がいくつもついている。葉と葉の間には、小さな蜘蛛《くも》の巣が三つあり、そこにはひときわ大きな雫《しずく》が留まっている。

「綺麗……」

西日が丸い雫に映し出され、煌めいていた。丸いなかに日輪が閉じ込められ、まるで小さな小さな橘の実のように見える。

眩しさに目を細めたとき、政子の目から涙が溢れる。違う、私はこの美しさに泣いているのだと、一人きりなのに何かに言い訳をした。

一度流れた涙は止まることなく、政子の頬を次々と濡らしていく。吉兆をもたらすという橘ですら、母の微笑む姿を取り戻すことなどできないのだ。

「母上っ……母上……っ」

政子は顔を覆ってその場にしゃがみ込んだ。このように泣いたのは子供の頃以来だろうか。ある日、物の怪《もののけ》を見たと泣きに泣く政子を、母が頭やら背やらを泣き止むまで撫ぜてくれた。

湧き上がる思い出に雫が頬を伝う。もうずいぶんと濡れてしまった袖口をまた目元に持っていこうとした時、砂利《じやり》を踏む音が聞こえた。

「……っ」

驚いた政子は、立ち上がって人目を避けようとした。しかし急に動いたことで足がもつれ、後ろに体が傾く。

「危ないっ」

左腕が引っ張り上げられ、何とか事なきを得る。安堵の息を吐いたのも束の間、政子は涙で火照る顔を思い切り見られてしまった。その上、相手はあの「佐殿」だ。

「その……失礼」

頼朝は掴んでいた政子の腕を放し、気まずそうに視線を横に走らせた。泣き顔を見たことを悪いと思ったのだろう。

政子は慌てて小袖の袖口を目元に当て、涙を吸い込ませた。周囲に目を走らせると、父が頼朝のため用意した東の小御所、蛭ヶ小島《ひるこじま》のすぐ近くであることに気づく。

いつの間にこのようなところまで歩いてきていたのか。

「こちらこそ、お住いの近くで失礼いたしました。お助けくださり感謝いたします」

背筋を伸ばし、泣いていたとは思えないほどはっきりと話した政子だが、鼻声ばかりは隠せない。そんな己が恥ずかしくなり、小さく下唇を噛む。

──よりにもよって佐殿の前で……。

恥じながらそっと頼朝の様子を窺うと、初めて見たときよりも柔らかい目が政子に向けられていた。

「お母上のこと、先ほど報《しら》せが届きました。今から伺うか明日にするか、と盛《もり》長《なが》と話していたところです」

「お気遣い痛み入ります」

「……さぞ、お辛いでしょう」

ともすると冷たくも見える双眸が、深い労りの色を乗せている。臥せっていた母とは一度会ったかどうかのはずだが、浅い縁の間柄でも心を寄せてくれる人なのだろうか。

政子は鼻をすんとすすって、茫然と頼朝を見た。先ほどよりも随分と傾いた西日が、彼の頬を赤く染めている。まるで彼自身も泣いているかのように。

「辛い時に泣くのは人としてあるべき姿です」

政子の頬に、カッと別の赤みがさす。触れずに放っておいてくれればよいのにと、小さく怒りすら感じた。

「……私も、少し前に我が子を亡くしました」

「……っ」

政子が予想もしなかった話の方向に、思わず頼朝を凝視してしまう。

「つい幾月か前のことです。妻とは引き離され、まだ幼い息子を失った……」

ぐっと寄せられた眉根を見ながら、政子は狩野川の対岸に嫁いできた美しい花嫁の話を思い出す。江間《えま》の邸は、北条の館から驚くほどに近い。この蛭ヶ小島からもさして距離のない場所だ。引き離された夫婦が、こんなにも近くに住まうなど、一体何の因果だというのだろう。

「親を失う痛み、子を失う痛み、どちらも比べようもないものです」

頼朝は、平治の乱で親も失っている。庭木の陰から見た、毅然とした名家の子息の内面は、痛みに満ちていたというのだろうか。

「だからあなたも何も恥じることはない、泣いて良いのです」

「佐殿……」

まるで政子の性格を知っているかのように言う。そう言われてすぐに涙を流せる女子ではないところが政子だったが、頼朝の言葉はゆっくりと胸に沁みていった。

「庭木に隠れていたあなたを見てから、一度ゆっくり話してみたいと思うていましたが、それがこのような日になるとは悪戯《いたずら》だ」

「私と話してみたいと？　なぜ？」

政子はふた月前、初めて頼朝を見たときのように惹きつけられ、目が逸らせなくなっていた。こんな時だというのに、頼朝の言葉に微かな期待をしている自分がいる。

冷たい風が頰をかすめても、火照りはまるで治まらない。

「夢を見たのです。おかしなことと思われるかもしれないが」

「夢……？」

またも想定外の言葉に、政子は幾度か瞬きをした。すると頼朝は、舞のように滑らかな手つきで、政子の後ろを指さした。

「高い高い山……きっとあれは富士《ふじ》だ。そこへ登る夢を何度も見た。頂へ辿り着くと、決まって女人が実のついた橘の枝を手にしている。けれど顔が見える前にいつも夢は終わってしまうのです」

政子は目を見開きながら、頼朝が指さす先の富士を見た。

「けれどあの日、庭木に隠れていたあなたを見たとき、あの女人はあなただと思った」

「佐殿、その夢は……」

「富士に橘とは吉夢でしょう？　そしてあなたに会った夜、夢の中の女人は初めて顔を見せた。……あなただった」

政子の顔になったのは、政子が夢を買ったからなのか、それとも頼朝が政子の顔を見たからなのか。

「この吉夢の意味を、私は手前勝手に想像しているのです。遠い昔の、帝の話に重ねて……」

富士は夕日を受けて、雪化粧を韓紅《からくれない》色に染めていた。

「私の中に巣食っていた悲しみや怒りは、その日から少しずつ和らいでいます。この夢の意味が果たして私の思う通りなのか、こうしてお話しする機会を得て、より知りたくなっています」

頼朝は政子が古の話を知らないと思っているのだろうか。彼の言葉は政子にとってはまるで求婚と相違ない。

「私も……。私も夢の意味を知りとうございます」

彼を見たときに「橘の君」と感じたのが真実なのかどうか。

「ならば初めはあなたの悲しみを癒す場でも良い。言葉をかわし、私とあなたの先に夢の続きがあるのか確かめさせてはくれませんか」

都から来た罪人はとんでもない男だ。愛しい妻と別れたばかりで、もう政子に思わせぶりな言葉をかけている。

——分かっているのに……。

母を喪った悲しみの中で、判断を誤ってはいけない。政子の頭はそう告げているのに、北条へ訪れた日の頼朝も、いま自分を誘う頼朝も彼女を惹きつけてやまなかった。

「いつか、富士の頂へともに登りましょう」

それは夢の中でか現《うつつ》のことか。

溺れる恋に出逢った政子は、悲しみが癒えた先に、夢の吉兆が訪れると確信する。

橘にかかる蜘蛛の巣の雫は、小さな玉の中に二人の姿を映し出していた。

妻の謀《はかりごと》

鈴木英治

三嶋大社

遅くとも奈良・平安時代には存在が認められる。鎮座する三嶋大明神は東海随一の神格として崇拝され、当社は伊豆国の一宮とされた。とりわけ伊豆に流された源頼朝が源氏再興を祈願して深く帰依し、緒戦に勝利して以降、武士の敬崇を集めた。

地図 ❷
◆静岡県三島市大宮町2-1-5
◆JR三島駅から徒歩約15分／伊豆箱根鉄道三島田町駅から徒歩約7分

三嶋大社《みしまたいしや》の近くには、妻塚《さいづか》観音堂と呼ばれる御堂《みどう》がある。

一

弟が来たとの知らせを受け、執務部屋で仕事をこなしていた大庭景親《おおばかげちか》は広間に急いだ。

「よう来た」

どかりとあぐらをかき、景親は俣野五郎景久《またのごろうかげひさ》に声をかけた。景久は、景親が住む大庭館から東へ一里ほど行った俣野という地に館を築き、妻子とともに暮らしている。

「五郎、前触れもなく顔を見せるなど、なにかあったのか」

今日は安元《あんげん》元年（一一七五）十月十日である。温暖な相模国《さがみ》にある大庭御厨《みくりや》も、寒さはだいぶ厳しいものになりつつあったが、景久はうっすらと汗をかき、顔を紅潮させていた。

「実は、兄者によき話を持ってきた」

「よし、聞こう」

興を抱き、景親は身を乗り出した。

「その前にきくが、兄者はいくつになった」

「わしは保延《ほうえん》六年（一一四〇）の生まれだ。おぬしより三つ上だ」

「三十六であったな。ならば、まだまだ老け込むような歳ではない」

真剣な光を景久が瞳にたたえた。

「兄者、嫡妻を迎える気はないか」

景親は、なに、と目を見開いた。

「兄者も、季子《ときこ》どのを病で亡くして早三年。そろそろ新たな嫡妻を迎えても、よい頃ではないだろうか」
「妾《しょう》は四人いるが、嫡妻を迎えることは考えぬでもなかった。大庭御厨のある
じとして体裁はととのえなければならぬゆえ」
「では、その気はあるのだな。それなら、話は早い。俺に心当たりがある」
大庭御厨から西へ六里ほど行ったところに松田荘《まつだのしょう》という郷村があるが、その
地に住む娘だという。
「松田荘といえば……」
景久を見つめて景親はつぶやいた。
「平治《へいじ》の乱の折、兄者が京でともに戦った源　朝長《みなもとのともなが》公が生まれ育った地だ」
朝長は河内《かわち》源氏《げんじ》の棟梁源義朝《よしとも》の次男で、相模国松田で十三年の年月を過ごし
たこともあり、松田冠者《かじゃ》との異名があった。
十六年前の平治元年（一一五九）、景親は後白河《ごしらかわ》上皇が住まう院の警固のた
め、京に滞在していた。その年の十二月に平治の乱が勃発したが、後白河上皇
に敵対した義朝方に、ゆえあって与することになった。
力戦したものの義朝方は敗れ、義朝と朝長は死を免れることはできなかっ

た。景親は平家方に捕らわれたが、殺されはしなかった。平治の乱が起きる前に後白河上皇に、間者となって義朝方の動静を逐一報告する任を負うことを、自ら申し出ていたからである。

その後、平家に忠誠を誓い、景親は伝来の大庭御厨の地を何事もなかったかのように差配している。

「その娘御は、朝長公と関わりがあるのか」

いま松田荘は、朝長の従兄弟に当たる波多野右馬允義常《はたのうまのじようよしつね》が治めている。

「大ありだ。朝長公の娘御だからな」

さすがに景親は驚きを隠せなかった。

「朝長公は亡くなったとき十七だったが、そうか、娘御がおったのか……」

「華子《はなこ》どのといい、歳は朝長公が亡くなったときと同じで、十七だ。名の通り、華やかな感じの佳人らしいぞ」

──俺が死に追いやった男の娘を、嫡妻にというのか……。

「華子どのはずっと松田で暮らしていたのか」

「どうやらそのようだ。京で生まれてすぐ平治の乱が起きたらしく、朝長公の死によって京にいられなくなり、松田荘に移ってきたと聞いた。波多野どのによって育てられたとのことだ」

そういう事情だったか、と景親は納得した。

「だが五郎。なにゆえ朝長公の娘御との縁談を持ってきた。わしは松田荘とは縁がないぞ」

景久がうなずき、すぐさま説明をはじめる。

「実は、俺は松田荘の出の女を妾としておる。そのような縁があることが第一。第二に、華子どのがなんらかの用事で大庭御厨に足を運んだとき、兄者を見初めたらしいのだ。きりりと勇ましげに馬を駆る姿を目の当たりにして、心惹かれたらしい」

——このわしに一目で惹かれるなど、そんなことがあるものなのか……。

顔形は凡庸で、どこにでもいるような男だ。

「華子どのが、わしが馬に乗っている姿を見たのはいつのことだ」

「二月ばかり前のことらしい」

うつむいて景親はしばしの間、考え込んだ。

「それでどうだ、兄者。話を進めてもよいか」

景久にきかれて景親は面を上げた。

「ああ、進めてくれ」

「そうか。受けてくれるか。ありがたし」

破顔した景久が勢いよく立ち上がった。

二

高灯台の灯りがゆらめき、目の前に座す華子の顔をほんのりと照らした。息をのみ、景親はそのさまをじっと見た。身動きすらかなわなかった。娶《めと》ってすでに四年たったが、華子の顔を目にするたびに、今でも呼吸を忘れてしまうことがある。

いつまでたっても、その美しさに慣れることがない。年を経るごとに、華子は磨かれたようにきれいになっていく。軽く咳払いし、華子よ、と心中で話しかける。

――なにゆえ偽りをいってまで、わしのもとに嫁いできたのだ。なにが狙いなのだ。誰に頼まれた。

この四年の間、景親はずっとそれらの疑問を華子にぶつけたいという思いに駆られ続けてきたが、結局は一度も口にしなかった。華子を失うのが恐ろしくてならなかったのだ。

――そなたが、わしを見初めたというとき、わしは丸一月、馬に乗っておらなんだ。風邪が長引き、とても馬に乗れるありさまではなかったのだ……。

これまで華子のことは、大事に慈しんできた。心の底から愛してきた。

軽く息をつき、景親は華子から目をそらしたが、すぐに戻した。

「明日、わしは京に赴く。富士太郎《ふじたろう》も連れていくが、正直、そなたをこの地に置いていきたくない」

富士太郎は華子の一つ下の腹違いの弟である。

「私もついていきとうございます」

切なそうな声でいって、華子が景親にすがりつく。強く抱き締めながら景親は華子の顔をじっと見た。

瞳が悲しげに揺れており、嘘をいっているようには見えなかった。真意を告げているように思えた。華子を京へ連れていきたい、という強烈な衝動を景親は覚えた。だが、それは許されることではない。妻は大庭御厨に置いていくしかなかった。

それに、華子の顔色はよいとはいえない。長旅に耐えられず、途中で倒れてしまうのではないか。そんな危惧がある。

「あなたさま、どうしても京へ行かねばなりませぬか」

甘い吐息とともに華子がきいてきた。

「行かねばならぬ」

華子の柔らかさを感じつつ景親は答えた。

「大相国《きよもり》さまから、兵を引き連れて京へまいるように命があったからな」

「大相国さまには逆らえぬのでございますか」

「逆らえるはずがない」

強い口調で景親は断じた。

「もしそのような真似をしたら、わしは反逆人にされてしまう。そうなれば、待つのは死のみだ。そなたも、連座で殺されかねぬ」

「おなごが殺されますか」

小首を傾げて華子がきいてきた。

「正直、ないとは思う。しかし、今の大相国さまは昔とちがい、怒りっぽくなっているらしい。病が高じ、心の具合がおかしくなっていると聞いてきた。怒りっぽくなっているという風聞もある。下手に逆らえば、なにをされるかわからぬ」

景親が心から慕った巨人は、もはやこの世にいないのだ。病が重くなり、いつ果てるか知れたものではないという噂もときおり届く。

──大相国さまほど頭脳明晰なお方が衰えてしまうとは、寂しいことこの上ないが、時の流れというのは、そういうものなのであろう。老いに勝てる者は一人もおらぬ……。

清盛《きよもり》の衰えに加え、その後継者として大きな期待が寄せられていた長男重盛《しげもり》の病没などもあって、後白河上皇を中心にした反平家の動きは活発になっており、京の情勢はだいぶきな臭くなっているらしい。

「あなたさま、思い切って反逆されたら、よろしいのではありませぬか」

不意に華子がそんなことを口にしたから、景親は顔色を変えた。

「華子、なにを申す。言葉を慎め」

叱責したが、華子は動じる様子を見せなかった。厳しい眼差しを景親に注いでくる。

「驕る者は必ず足をすくわれます。平家がいつまでも栄え続けるはずがありませぬ。きっと近いうち、この世は変わります」

むっ、と景親は眉根を寄せた。

「平家に代わり、源氏がこの世のあるじになるというのか」

「おそらくそうなりましょう。あなたさまは、御兄上に倣うべきではないかと存じます」

「なんだとっ」

怒気を孕んだ声を景親は発した。景親の兄は大庭平太景義《へいだかげよし》といい、以前は大庭家の当主だったが、今は大庭御厨の西に位置する懐島《ふところじま》というところで、隠居も同然に暮らしている。景義は平治の乱の三年前に京で起きた保元《ほうげん》の乱において、義朝の弟源為朝《ためとも》の矢を足に受けて落馬し、敵に討たれそうになった。そこを景親が救ったのだが、足に受けた傷が完治せず、歩行が不自由になった。そのために大庭家の家督を景親に譲り、懐島で隠棲をはじめたのである。しかし最近では伊豆《いず》国によく出向き、蛭《ひる》ヶ小《こ》島《じま》に住む源頼朝《よりとも》やその近臣たちと繁く会っているらしい。ついに時機が到来したとばかりに、景義たちが平家打倒の謀議をこらしているのは疑いようがない。

——兄上は浮かぶ瀬を求めて、佐殿《すけどの》（頼朝）に近づいているのだろう……。

「わしに佐殿に味方せよというのか」

「さようにございます」

「できぬ。わしは大相国さまに大恩がある。それに、佐殿はあまりに無力よ。謀反をしたところで、あっという間に叩き潰されよう」

辛そうに睫毛を伏せたが、華子がまっすぐに景親を見つめてきた。

「私があなたさまのことをどれほど大事に想っているか、ご存じでございますか」

「存じておる」

「ご存じではありませぬ。私はあなたさまのためなら、命を投げ出すことも厭いませぬ」

「それはわしも同じよ。そなたのためなら、命をなげうとう」

なにを目的にして華子が自分の妻になったのか、いまだに不明だが、景親の中で妻を大切に想う気持ちに偽りはなかった。なにがあろうと、一生、添い遂げたいと思っている。

三

京に来て、すでに一年がたとうとしている。華子はどうしているか。息災にしていればよいが、見送りのときの顔色はすぐれなかった。

病に斃《たお》れているというようなことはないだろうか。とにかく、理由はなんでもよい。景親は大庭御厨に帰りたくてならなかった。

しかし京の情勢がそれを許さなかった。都を覆うきな臭さは増しており、治《じ》承《しょう》四年（一一八〇）五月、後白河上皇の第三皇子である以仁王《もちひとおう》と源頼政《よりまさ》がついに平氏打倒の兵を挙げた。清盛に命じられ、景親は追討の任に当たった。他の武将とともに戦い、敵勢を打ち破った。以仁王は討ち死にし、頼政は自害した。

その後も景親は京にとどまっていたが、平家の家人藤原上総介忠清《ふじわらかずさのすけただきよ》に呼ばれ、館に赴いた。緊張した面持ちで忠清が語りかけてくる。

「駿河《するが》国の国人より、書状が届いた」

忠清が書状を手渡してきた。書状を開き、景親は目を落とした。そこには、頼朝の舅である北条時政《ほうじょうときまさ》と頼朝の乳母の夫比企掃部允《ひきかもんのじょう》が伊豆国で頼朝とともに謀反を企てている、と記されていた。なんと、と景親は腰を浮かせた。

「頼朝は、我が平家を討ち滅ぼすとの決断を下したようだ。頼朝が率いる軍勢は、今は小さな集まりでしかないが、もし勢いに乗れば、どれほどの勢力になるか知れたものではない。やつは血筋がよく、人望もある」

それは景親も知っている。頼朝には、人の心を強く引きつける器量があるのだ。

ゆえに、と厳かに忠清がいった。

「手に負えなくなる前に、討つしか手はない。そなたは頼朝を殺せるか」

「えっ、それがしがですか……」

「できぬか」

「殺《や》れます」

「それでよい。残酷なことを申すが、そなたに闇討ちを命じるのは、兄の平太どののこともあるからだ。平太どのは、頼朝と親しく付き合っているそうだな」

下を向き、景親は唇を噛んだ。

「さようにございます。申し訳ございませぬ」

景親は深々とこうべを垂れた。

「別に、平太どのを殺せとまではいわぬ。とにかく、そなたは頼朝を討たねばならぬ」

「よくわかりましてございます」

断る術などない。景親は平伏した。

四

治承四年七月二十日、五人の供を連れた大庭景親は、伊豆国の三島《みしま》に到着した。供のうち、一人は華子の弟の富士太郎である。面影が華子に似ていて、顔を見ているだけで景親の心は慰められた。

京へ引き連れていった配下の軍勢は、今頃は駿河国に入ったあたりではないか。

景親としてはこのまま東海道を進み、大庭御厨に帰りたいが、そういうわけにはいかない。この三島の地で頼朝を討つのだ。

頼朝はまだ謀反の軍を起こしていないが、その前に必ず戦勝祈願に三嶋大社に来るはずなのだ。そこを討つ、と景親は決めている。

五人の供すべてを蛭ヶ小島のほうへ向かわせ、頼朝の動静を探らせた。なかなか報告がなく、景親はひたすら三島に逗留し続けた。

七月二十八日になってようやく、翌二十九日、夜陰に紛れて頼朝が三嶋大社に参詣することが富士太郎の報告で知れた。

二十九日の早朝、景親は広大な境内を誇る三嶋大社に参拝した。木々の香りが一杯で、石畳を歩いていると、不思議なことに荘厳な気分になった。壮麗な本殿の前に立って闇討ちの成就を願い、散銭を奉じた。

神はこのような願いを聞いてはくれぬだろうが、きっとうまくいく、と景親は確信している。やれぬわけがない。

その日の夜、景親は三嶋大社の手水場近くの木陰にひそんだ。藪蚊が多く、閉口したが、身じろぎ一つしなかった。

——殺れる。わしは必ず佐殿を討つ。

だが、いつしか手の震えが止まらなくなっていた。これはいったいどうしたものか。

人を殺すことなど、造作もない。これまで何人の武者をこの手にかけてきたことか。

富士太郎の報告によれば、戦勝祈願に参詣する頼朝はあらたまった服装をしているわけではなく、まだ暑いこともあって、普段と変わらぬ小袖を着て来るようだ。ただし、女のように市女笠《いちめがさ》をかぶり、虫垂衣《むしのたれぎぬ》を垂らして顔を隠しているらしい。小袖には沈香《じんこう》を焚きしめているようだ。

沈香なら嗅いだことがある。そのことを思ったら、手の震えが止まった。景親は気持ちが落ち着いているのを感じた。闇に目も慣れている。

境内に人けはない。灯籠にも灯は入れられていない。暗さが満ちる中、やがて一つの人影が鳥居を入り、石畳を進んできた。市女笠をかぶり、虫垂衣を垂らしている。

近づいてくるうちに、沈香の香りが景親の鼻先を漂った。まちがいない、と景親は自らに気合を入れた。木陰に立ったまま、太刀を音もなく抜き放つ。

頼朝とおぼしき人影が手水場の前に立った。木陰をすっと離れた景親は手水場を回り込んで人影に静かに近寄った。

「佐殿、覚悟」

人影がさっと振り返り、横に逃げようとする。その動きで、景親から躊躇《ためら》いは消えた。すでに太刀を上段に構えていた景親は影に向かって一気に振り下ろした。

肉を断つ音がし、人影が音を立てて倒れた。二つに割れた市女笠が飛んだ。虫垂衣と小袖が大きく切れ、背中からおびただしい血が噴き出しはじめていた。

ひざまずき、景親は顔をのぞき込んだ。

「なにっ」

横たわっていたのは妻の華子だった。

「な、なにゆえ……」

虫の息であったが、華子はまだ生きていた。

「あなたさま、私の余命はいくばくもありませぬ。不治の病にかかっているのです」

「なんだと」

景親は華子を抱き寄せた。

「だから、わしに斬られたというのか」

「それもあります。私がわけあってあなたさまの妻となったのは、ご存じでございましょう」

「誰かに頼まれ、近づいたのだと思っていた」

「誰にも頼まれておりませぬ。私の意思でございます。仇討をしようと思ったのです」

「仇討だと。では、わしがそなたの父を死に追いやったことを存じておったのか」

「存じております」

華子が口の端に血の筋を垂らした。

「なにゆえそなたが知っておるのだ」

「波多野さまから、うかがいました」

平治の乱ののち、波多野右馬允は京に出仕し、平家の要人と親交を結んでいたらしいから、そのあたりから耳にしたにちがいなかった。

「しかし、あなたさまと一緒になって女の幸せを知り、仇討など馬鹿らしいものだと思うようになりました。これは本心でございます」

「わかっておる。そなたがその気になれば、わしを殺すことなどたやすかったであろう」

「不治の病に冒されるなど、あなたさまへの仇討を考えた罰が当たったのでございましょう。私はあなたさまの腕の中で死にたかった。今宵、それが叶い、本望にございます」

「しかし華子、どうやってわしが今宵、ここにひそむことを知ったのだ」

ふふ、と華子が苦しげに小さな笑いを漏らした。

「あなたさまの供の一人は、私の弟でございます」

そういうことだったか、と景親は合点がいった。すべて華子と富士太郎が仕組んだことだったのだ。

「あなたさま、最後のお願いがございます」

「なにかな」

「どうか、頼朝公にお味方してくださいませ」

言葉を終えた途端、華子の首ががくりと落ち、口から血を吐いた。腕の内で華子の重みが一気に増した。

「華子、華子」

必死に呼んだが、応えはない。揺さぶっても目を開けない。境内の静寂を破って景親は号泣した。

半刻ほど泣いていたが、景親は華子の遺骸をそっと抱き上げ、歩きはじめた。


迷ったが、華子の最後の言葉には従わなかった。裏切りの人生はもういやだった。頼朝が兵を挙げたときも敵対し、石橋山《いしばしやま》の合戦で容赦なく打ち破った。

その後、富士川《ふじがわ》の合戦を経て頼朝方に捕まり、首を打たれた。さらされた景親の首は、笑みをたたえていたという。

初《はつ》嵐《あらし》

阿部暁子

伊豆山神社

創設は、上古の孝昭天皇の時代（紀元前5世紀～紀元前4世紀）とも、応神天皇の時代ともされる。源頼朝と北条政子は当社で逢瀬を交わしたのちも、深い信仰を寄せ何度も訪れた。また3代将軍実朝が参詣の途に詠じた和歌が『金槐和歌集』に収められている。

地図❸
◆静岡県熱海市伊豆山708-1
◆JR熱海駅からバスで「伊豆山神社前」下車

強風が夜闇を揺るがす。晩夏の暑気を吹き散らし、伊豆《いず》の大地に秋をもたらす初嵐《はつあらし》だ。

「ほら、ないているでしょう？　母上、きこえるでしょう？」

「先ほども言ったはずですよ、これは風の音。化け物などいやしません」

風の唸りが大姫《おおひめ》には不気味な妖《あやかし》の咆哮《ほうこう》に聞こえるそうで、先ほどから政子《まさこ》の脚にしがみついている。ようやっと耳を過ぎるまで髪が伸びた小さな頭、母の袴《はかま》を握りしめる指。あの赤くて壊れそうで泣いてばかりだった小さな命が、自分の足で立って言葉を話すまでに成長したことに今さら胸を衝《つ》かれた。

子を産んで以来、こうして突然に胸打たれる瞬間がしょっちゅうある。政子は自分をずっと子供嫌いだと思っていたので、母になった途端こんなにも子を愛しく感じるようになるとは思わなかった。子に対する愛しさとは、自分の何を引き換えにしてでも守り抜くという鋼《はがね》の決意だ。恋焦がれて何が何でも手に入れたいと思う男への愛とはだいぶ違う。

「たとえ化け物がいても怖くなどありません。人の真の敵は、いつだって人なのです」

「――三つの姫に何ということを教えているのだ、この母上は」

政子と大姫が立つ本殿は周囲を深い森に守られており、石畳を途中で逸れたところに細い道がある。それは山頂付近にある本宮に通じる参道で、その細道から松明《たいまつ》の炎と人影が現れた。足運びに合わせて音が鳴る。カチャカチャ、カチャカチャと。

松明を持たせた従者を一人だけ連れた頼朝《よりとも》は、政子と大姫の前まで来ると、二人の女が愛しくてならないというようにほほえんだ。本当にこの夫の笑顔は、時に腹立たしいほど人を魅了する。

「何を笑っておいでなのです？」

「いや、嵐に髪をなびかせ立つ妻が、あまりに凛々《りり》しいので見惚れていた」

こうして躊躇《ためら》いなく女を褒めるところが、この夫の女たらしたる所以《ゆえん》だ。政子もこの伊豆山《いずさん》神社で二度目に頼朝と顔を合わせた時、相模灘《さがみなだ》のように深い瞳でじっと見つめられ、突然言われたものだ。

『そなたの目は、黒曜石の鏃《やじり》のようだな。触れれば切れるほど鋭いが、美しい』

きつい、にらむようだ、と目については幼少時から飽きるほど言われてきたが、美しいと言われたのは初めてだった。だが、そんな甘言でこの男に転んだのではない。断じて。

「大姫、しばらく会わぬうちにまた大きゅうなったな。そなたが大きく育つたびに父上は嬉しゅうなる」

「大姫は、お魚《とと》をたべられるようになったのよ。だからもっとおおきくなるの」

「そうか、それは楽しみだ。だがあまり急いで大きくなってくれるな。そなたが他の男のもとへ行ってしまったら、父上は寂《さび》しゅうてかなわない」

「大姫は、ずっと父上のおそばにいる」

「うん、そうできたらどんなに良かろうな」

抱き上げた大姫の頬に自分の頬を寄せ、幸福そうにほほえむ夫を政子は見つめた。

根気強く、平家にそうと悟られぬように少しずつ手を回して、頼朝は自分に付き従う武士たちを増やしてきた。気性の荒い坂東武者《ばんどうむしゃ》たちを、頼朝は源氏嫡流という貴種の血によって統率し、恐れと迷いのない言葉で鼓舞し、魅力的な笑みで奮い立たせる。

人を心酔させるには何が必要かをよくわかっている頼朝は、自分が人からどう見られるかに敏感だ。だから普段の鷹揚《おうよう》な振る舞いの裏ではかなり気を遣っていることを政子は知っているが、今の頼朝は、子煩悩まるだしで大姫に頬ずりしている。腹心以外には人目がないのに加え、この先しばらく大姫とは会えなくなるからだろう。いや、しばらくどころかここからの進み方をわずかでも間違えば、頼朝は二度と会えなくなる。おのれの命よりも大事だと断言する愛娘に。

『姉上、ほら。源氏の流人《るにん》よ』

五年前、冬の始まりの気配がする神無月《かんなづき》のことだ。この伊豆山神社に参拝した折、妹の時子《ときこ》がひそりと耳打ちした。

妹の白い指をたどり市女笠《いちめがさ》の垂衣《たれぎぬ》を上げると、境内の石畳に数人の男たちがいた。閑雅な冬紅葉《もみじ》に彩られた風景の中、烏帽子《えぼし》に直垂《ひたたれ》姿のその集団だけが無骨でやたらと目立った。だが男たちの中に一人、妙に目を惹く若い男がいた。品のいい顔立ちもそうだが、すらりとした立ち姿に静かな威厳がある。

『京育ちなだけあって、なかなかよい男よね。伊東《いとう》のおじい様に殺されそうになって、ここに逃げてきたのでしょう？　父上は蛭ヶ小島《ひるこじま》に移すおつもりなんですって』

伊東のおじい様とは、政子と時子の母方の祖父、伊東祐親《すけちか》のことだ。平清盛《たいらのきよもり》の恩情で死罪を免れ、伊豆に配流された源頼朝は、伊東祐親のもとに身を寄せた。祐親は一本気で頑固な坂東武者そのものという男で、政子は筋の通った祐親が嫌いではない。「まだ嫁の貰い手がないのか」と顔を見るたびに言われることを除けばだが。

そんな祐親のもとで頼朝は流人にしては丁重な扱いを受けて暮らしていたが、祐親が大番役のために京へ発ち、伊豆の屋敷を空けた隙に事が起きた。

祐親の娘で、政子には叔母に当たる八重《やえ》と頼朝が恋仲になり、子まで生まれたのだ。

三年間の大番役を果たして伊豆に帰ってきた祐親は、平家から預かっていた流人が娘と通じ、あまつさえ男児までもうけたことに激怒した。頼朝は源氏の棟梁の遺児、しかも嫡流の男だ。その男と娘が懇《ねんご》ろになり、子まで生したと知れたら、平家に逆心を疑われかねない。

祐親はわずか三つの男児を殺し、頼朝の首も斬ろうとしたが、頼朝は密告を受けてかろうじて伊豆山神社に逃げ込んだ。その後は政子たちの父、北条時政《ほうじようときまさ》が監視役として頼朝の面倒を見ることが決まっていた。

『流人と通じるなんて八重殿も馬鹿なことをと思ったけれど、少しだけ気持ちもわかるわ。このあたりの男とはまるで違うもの』

噂話が大好きな妹はひそひそ声を弾ませたが、政子は小さく顔をしかめただけで答えなかった。この時はまだ頼朝という男を、ただの腰抜けとしか思っていなかったのだ。

祐親の怒りはもっともだし、非道に思える処断も平家に仕える者ならば当然のものだ。祐親は筋を通した。ならば頼朝もまた筋を通すべきだったのだ。身を賭《と》して我が子を守り、八重をつれて逃げるべきだった。それで北条に逃げ込んできたのなら、誰が反対しようと政子は持てる限りの力を貸しただろう。たとえ平家と争うことになろうとも。

八重は稚《いとけな》い息子を父親に殺されて打ちひしがれているというのに、のうのうと生き延びている男を、政子は怒りと侮蔑をこめて見つめた。その時だ。頼朝がこちらを見たのだ。はっきりと目が合った。

あんなにも悲愴な目は見たことがなかった。

だがそれを遥かに超える、心の臓を引き裂くような殺気が頼朝の目にはみなぎっていた。そう明らかに、にらみつけられたのだ。まるで宿敵を見るかのように。

それが頼朝との出会いだった。二度目に伊豆山神社で会った時には、ころっと態度を変えて『そなたの目は黒曜石の鏃のよう』などと口説いてきて、おそらく頼朝はそれで政子が落とされたのだと思っているのだろうが、まるで違う。

あのとてつもない目に射貫かれたのだ。

そして天から降ってきたかのように予感した。これはいまだ誰も到達したことのない遥か高みまで上る男だ、と。

頼朝と政子が逢瀬を重ねたのも伊豆山神社だった。青銀色にかがやく相模灘を一望し、広大な森に守られる伊豆大権現は、人目を避けることのできる場所が多かったのだ。

頼朝はかつて監視役の伊東祐親の娘と情を交わし、妻と幼い息子を失った。それが次の監視役、北条時政の娘とまたぞろ通じたとなったら、今度は頼朝がどうなるかわからない。政子も父にどうされるか。

だが、起こらないでほしいと願うことはいずれ必ず起こるのだと、政子は思っている。

だから人目を忍んで頼朝と会い、互いの生い立ちや日々にふと思うことを話し合う間も、その日が来ることは覚悟していた。ある日、北条庄の屋敷に帰りつくなり父に問い詰められた時も、取り乱すことはなかった。

「あの流人と会っているとはまことか」

父の眼光はひどく鋭かった。父が切り出してきたからにはすでに調べはついているに違いないので、政子は黙っていた。その後、罪人のように屋敷の奥の陽も差さぬ部屋に押し込められて、見張りまで立てられた。

その夜は、初秋の嵐が吹き荒れた。

闇にひそむ妖が咆哮しているかのような風の音が響き、強い雨が打ちつけ、雷鳴が轟いた。夜半、風に折られた庭の若木が母屋《おもや》に倒れかかり、応援に呼ばれた見張りが離れた隙に、政子は素足のまま外に飛び出した。

他にどうすることもできなかったのだ。

はからずも出会ってしまい、あの波乱の運命を背負った男の瞳に射貫かれた。あの男を知らなかった自分にはもう戻ることはできない。会わずにいることも、ましてや他の男に嫁ぐことも、今さらできるわけがない。それは死ぬのと同じことで、ならば死ぬ気になって駆けるしかなかった。頼朝のもとに向かう暗夜の道を、風に殴られ、雨に打たれ、地面の石に足の裏を切りつけられながら、ひたすら走った。ぬかるみに足をとられ、水たまりの中に倒れ込み、口に入った泥を咳き込んで吐いた。苦しい。苦しいが、体は熱い。いまだかつてないほど血が燃えて、心が熱い。

天地がひしゃげるような轟音と共に、真白い閃光が一瞬あたりを真昼のように照らした。遥か彼方《かなた》に見える館の影。あんなにも遠い、とは思わなかった。目指すべき場所はすでに目に映り、自分にはこの足がある。こんなにも熱い心がある。あとは走り抜くだけだ。切れた足の裏の痛みに耐えながら立ち上がり、また駆け出した。濡れた装束が貼りつく体は不思議と軽かった。今自分はひどく自分らしく生きていると思えた。

「そなた——」

家人《けにん》から話を聞いて駆けつけた頼朝は、ずぶ濡れの政子を見て絶句した。相模灘のような目を見開いたその顔。伊豆山神社で会っている時の微笑はお愛想で浮かべているものだとわかっていたから、どこにも嘘のない顔を見て、くすりと笑みがこぼれた。笑った政子を見た頼朝は、何かたまらぬように眉間をゆがめて、政子の手を握って立たせた。あわてる家人の制止も聞かず、自らの手で政子の足の泥を洗い、傷だらけの足を手当てした。

翌日の払暁《ふつぎょう》、政子の出奔に気づいた時政は、手勢三十騎をもって頼朝の館を囲んだ。

「源《みなもと》頼朝、出てまいれ！」

父の怒号を、熱を出して寝込んでいた政子も聞いた。武闘派というよりは知略派で、普段はさほど声を荒らげることもない父のそんな激しい声を聞いたのは初めてだった。政子がふらつきながら簀子縁《すのこえん》に出ていくと、雨の名残に濡れた前庭で、戦《いくさ》装束の時政と直垂姿の頼朝がにらみ合っていた。

父の怒声を聞いて政子が出ていくまでの間に、二人がどんな言葉を応酬していたかはわからない。ただ、息を呑む政子の前で口を開いたのは頼朝だった。それは大気をつらぬいて響きわたる、力強き声だった。

「平家を倒したいとは思われませぬか」

時政に従う男たちが低くどよめいた。当たり前だ。今の言葉を誰かが清盛に伝えれば、頼朝はたちまち首を刎ねられる。

「今、平家はこの世は我がものと栄華を謳っております。しかしその陰で、驕れる平家を憎む者も少なくないのはご存じのはず。先ごろ、鹿ケ谷《ししがたに》で法皇とその側近たちが平家打倒のくわだてを為したように」

　頼朝が言う事件は、水無月に京の鹿ケ谷の山荘で起きた。法皇とその近臣が平家打倒の密談をしていたと発覚し、平清盛は謀議に関わった近臣のみを処罰、法皇については罪不問ということで事件を決着させた。

　鹿ケ谷の陰謀が露見した当時、政子は父や兄たちが話すのを耳に挟んだ程度だが、驚くことはなかった。北条の中ですら昨今の平家に対しては鬱憤が溜まっていたのだ。地方の豪族から税をしぼり取り、京まで呼びつけてただ働きの警護をさせ、挙句の果てには命に等しい所領を巻きあげることもあり、平家の横暴は目に余るものがある。

「平家が牛耳る今の世をよしとせぬ武士の力を集めれば、必ず平家を倒すことができます。しかしそれには、武士たちを一つに束ねる棟梁が要る。源氏嫡流の私ならば、その束ね役になることができる」

　頼朝の眼光が切れるほどに鋭くなった。

「平家への怒りが燃えあがる時、源頼朝が立ち、武門の棟梁として武士を導きましょう。そして必ず、平家を倒してご覧にいれる」

「だから娘を渡しておぬしと手を組めと、そう申すのか」

喉を鳴らして時政は嗤《わら》った。

「体ひとつしか持ち物のない流人の身で、そこまで吠える気概は買うがな。今の平家の権勢を見れば、そう上手《うま》くいくわけが」

「最後までお聞きください」

さえぎった頼朝の声は静かだった。

「平家打倒は、道をふさぐ岩をどけるようなもの。肝心なのはその後です。平家打倒のために一丸となった武士の手で、武士のための政《まつりごと》を行う」

武士のための政。その響きは政子の心さえ惹きつけたのだから、その場にいた男たちは尚更であっただろう。そして頼朝は彼らに、心をとらえて離さぬ不敵な微笑を向けた。

「今の武士は朝廷にこき使われ、命に等しい土地といつ奪われるとも知れぬ。しかし、なぜです？　身を賭して民と国を守っているのは我ら武士だ。だのになにゆえ粗略な扱いを受け、自らは座して動かぬ公家どもの指図を受けねばならない。なにゆえ我らの沙汰を、我ら自身で為すことができない」

そうだ、民と国を守ってきたのは、我ら。

響きわたる頼朝の声に男たちが共鳴するのを政子は肌で感じた。涼やかな夜明けの空気が、底知れぬ熱をおびた。

「だが変えることはできる。平家という敵を倒すため、一つとなった武士の力を合わせれば。武士の世を築く、私はその旗頭となる」

そして頼朝は政子がそこにいることをとうに気づいていたようにふり向き、階《きざはし》を上ってきた。武装した男たちが痛いほどの視線を注ぐ中で、政子の両手を取って深く見つめた。

「北条殿の仰る通り、私はこの身のほかには何ひとつ持たぬ流人です。親兄弟は平家に殺され、根を張る土地も持たず、力もない。だがそんな私のために、政子は嵐の夜を駆けてきてくれた。私はその真心に応える。必ずこの心根貴《たっと》き娘を、天下人の妻とする」

こらえかねたように誰かが熱い声を発し、それはみるみる伝播して、男たちの歓声になった。嵐に洗われた青く澄んだ空から、まばゆい金色の朝陽が降っていた。

「どうしたのだ、そんなにじっと見つめて」

目をまるくする頼朝に、政子は小さく頭を振った。夫に抱かれた大姫は、いつの間にか眠ってしまっている。こんな嵐の中だというのに、肝の太い子だ。

「お会いした頃のことを思い出していて」

「ほう」

「父と殿は、通じていらしたのでしょう？」

荒々しい風が狼の遠吠えのような音を立てた。夜空の雲が、不穏な速さで流れていく。

「私と妹が参拝に訪れた折、なぜか殿も従者に囲まれて本殿にいらした。ですがあの時の殿は伊東の祖父に追われてこの伊豆大権現に身を寄せていらしたのです。今さら参拝も何もないはず。あれは、父から知らせを受けておられたのでは？　娘を二人行かせるので気に入ったほうを選ばれよ、とでも」

心当たりは他にもある。あの数日後、政子は父に禰宜《ねぎ》への届け物を言いつけられ、伊豆山神社に再び足を運んだ。そこで頼朝と顔を合わせ、頼朝は初対面とは打って変わって物腰やわらかく接してきた。また会いたいと乞われ、逢瀬を重ねるようになった。

「……はじめからそう思っていたのか？」

「ええ」

「では、なにゆえ俺を拒まなかった？」

「恋をしたからです。それが仕組まれて始まったものであるにせよ、恋した以上は、命がけで全うするよりほかにない」

強風が引立烏帽子からこぼれた頼朝の鬢《びん》をゆらした。小さな吐息が、風にまぎれた。

「――そなたは清いな。男どもの思惑と欲が入り乱れる中で、そなただけがいつも純真だ」

父時政の思惑は、厄介者の流人であると同時に平家に対抗する奥の手となり得る頼朝を、娘を使って手中にすることだった。そして源氏再興という一族の悲願を背負う頼朝も北条の力を欲した。八重との仲で祐親の怒りを買い、窮地に立たされた頼朝は、なおさら時政の誘いに乗るしかなかっただろう。

ただ、嵐の夜の政子の出奔は父にとっても頼朝にとっても慮外の出来事であったはずだ。頼朝は即座にそれを利用した。策謀を純愛にすり替えて、人々の心を自分に従えた。

「私を父や殿の思惑に翻弄される哀れな女とお思いですか？　ならば違います。私は自分で選んだのです。誰もたどり着いたことのない高みに上る男と信じた、源頼朝を」

先ほど自分に憐憫のまなざしを向けた夫を、政子はにらむように見据えた。

「私は殿が考えるよりも、しぶとく、強い。八重殿とてそうです。そうでなくて、どうして流人を愛することができましょう。私たちには憐れまれる謂れなど一片たりともない」

こんな物言いをする政子を、色んな男がきつい女だと眉をひそめ、可愛げがないと顔を背けてきた。だから行き遅れるのだ、と面と向かって言われたこともある。だが頼朝は、そんな女に心地よさげに笑うのだ。

「そなたが強いことは知っている。初めて会《お》うた時に思ったのだ。これは強い、俺が死んだ後にもどこまでも遠くへ行く女だ、と」

頼朝の笑みのあまりの深さに何も言えずにいると「殿」と暗がりから声がした。ずっと黙って控えていた従者が近づいてくる。

「そろそろ」
「わかった」
頼朝が変わる。人たらしで子煩悩の男が、大鎧をまとった厳しいまなざしの武者へと。

鹿ケ谷の一件の後、平清盛は法皇を幽閉し、自分の孫に当たる言仁《ときひと》親王を即位させた。平家の絶大な権勢と横暴を示す大事件だ。そんな暴挙にはもちろん抵抗が起きる。今年の卯月、突如として幽閉中の法皇の第三皇子、以仁王《もちひとおう》が諸国の源氏に平家追討の令旨を発した。

頼朝は令旨には従わず静観を選んだ。結果、以仁王と令旨に応えて挙兵した源頼政《よりまさ》らは討死。しかし平家はそれで終わりとはせず、次に令旨を受けとった源氏の追討に乗り出した。無論そこには頼朝も入っている。

そして頼朝は挙兵を決めた。
今、嵐の唸りには別のざわめきが混じっている。縁深い伊豆山神社で頼朝が戦勝祈願を済ませて下山してくるのを、今か今かと待ちわびている腹心たちの声。頼朝はこれより精鋭数十騎と共に号令に呼応した坂東武者たちと合流し、進軍を開始する。最初の標的は平家の伊豆目代《もくだい》、山木《やまき》兼隆《かねたか》。頼朝の命だけではなく、彼に力を貸した北条の命運、武士たちの行く末を懸けた戦いが今まさに始まる。

いつ誰が裏切るともしれない情勢だ。頼朝への人質となり得る政子と大姫は、伊豆大権現の庇護のもとで頼朝の帰りを待つ。政子が言い出したことだった。頼朝の足枷には決してなりたくない。

「我が宝を預ける。どうか頼んだぞ」

政子は夫の腕から大姫を抱きとったが、いざとなると言葉が何も出なかった。頼朝が、からかうように口の端を吊り上げた。

「素足で嵐を駆け抜けた女が何という顔をするのだ。俺は、高みに上る男なのだろう？」

「――ええ、そうです。あなたはこんなところで終わる男ではない。必ず勝つ」

嵐にも負けぬように声を張ると、夫はどこまでも遠くへ行くらしい女にほほえみ、きびすを返した。政子は眠る我が子を固く抱き、鎧をまとった背中を見つめ続けた。

初嵐よ、吹け。もっと激しく吹きすさび、立ちはだかる敵のことごとくを薙ぎ払え。

そして我が夫を、天下人となせ。

恋真珠

赤神 諒

真珠院

鎌倉時代に開創された寺院。伊豆に流されていた頼朝は、八重姫との間に一子をもうけるも八重姫の父・伊東祐親の猛反対に遭う。その後、北条時政の元に逃れた頼朝を追って伊東館を抜け出した八重姫だったが、すでに頼朝は時政の娘・政子と結ばれており、絶望に陥った八重姫は当院近くの真珠ヶ淵に身投げしたという伝承が残る。境内に八重姫の供養塔がある。

地図❹
◆静岡県伊豆の国市中條145-2
◆伊豆箱根鉄道
伊豆長岡駅から徒歩13分

一

燃え盛る烈日が、伊豆《いず》の鮮やかな緑を照らし始めた。

ほどなく江間《えま》屋敷も夏草の熱《いき》れで包まれよう。

江間小四郎《こしろう》は庭に面した庇《ひさし》ノ間《ま》に、端坐する八重《やえ》の後ろ姿を見つけた。深紅の打袴《うちばかま》に真珠色をした紗《しゃ》の袿《うちぎ》姿だ。「ここは、谷戸山《やとやま》を独り占めにできるからいい」と、八重お気に入りの眺めである。

ぬばたまの垂髪に古き世の真珠の髪飾りを挿すのは、この風変わりな女性《にょしょう》くらいだろうか。どんな時代にも、男女を問わず破天荒な人間は現れるが、八重もその一人だった。かつて父に背き、咎人《とがびと》と結ばれて子まで生《な》し、わが子を身代わりに前夫を救った烈女だ。

小四郎は、妻のすぐ隣に腰を下ろした。

今日は荷葉《かよう》の良い香りがする。八重は、美しくあることが女の崇高な義務だと信じ、念入りに化粧《けわい》をして、あたう限りの美の装いを身にまとう。夫婦《めおと》になって三年余の今でも心がときめくのは、小四郎がまだ八重の心を摑めてはいないせいか。

「たぶん小四郎どのも、わたしと同じね」

八重の眼差しは、夏空の青と白雲を写し取る庭池へ注がれたままだ。

年上の妻が口にする言ノ葉の意味は、すぐに飲み込めぬ時も多いが、話題の半ばを「恋」が占めていたろうか。

六年前、小四郎は十二歳で、八重姫に出会った。

父の北条時政《ほうじょうときまさ》に連れられ、母の実家である伊東《いとう》家を訪れた時、八重はもう大人の女だった。心を奪われてから、母の妹であり、血の繫がる叔母だと知った。おまけに人妻であり、成るはずもない初恋だった。

それでも、八重が実父により頼朝《よりとも》と離縁させられると、十四歳の小四郎はひと回り近く年嵩の叔母に、熱烈に求婚した。母は、京の白拍子が産み落とした異母妹を毛嫌いしていて、美貌だけが取り柄の鼻持ちならない女だと、猛反対した。だが小四郎は恋を貫いた。次男だったせいもあろう、最後は匙《さじ》を投げる形で許された。

「あなたも一生で一度きりしか、恋のできない人よ」

艶のある声はいつも、ちょうどいい湿りを帯びている。

夫婦になる時、八重は言い切った。恋遊びはできても、自分にはもう本物の恋ができない、と。それでもいいと応じて、結ばれた。

小四郎が答えに窮していると、八重が庭から視線を移してきた。挑むような顔に浮かぶ妖艶で謎めいた笑みは、己の美の崇拝者に向ける余裕のしぐさだ。かつて頼朝も、これにひれ伏したのだろう。

八重は黒髪から真珠の髪飾りを外すと、自分の白い掌上に載せた。

「もうすぐ、初陣《ういじん》ね」

小四郎は別に驚かなかった。

天下に大乱が兆《きざ》すなか、挙兵の日は近い。

——頼朝を担ぎ、平家を打倒する。

北条家でもまだごく一部しか知らぬ密謀だが、八重は気づいたらしい。政《まつりごと》に関心はなくとも、賢い女性だ。

ますます言葉に詰まっていると、八重が勝手に続けた。

「あの人が英雄になった時、わが父も悔やむでしょう。その前に、殺されるかも知れないけれど」

二十年前、一人の若き敗残者が、京から伊豆の伊東家へ流されてきた。

零落した源氏嫡流の非凡を最初に見抜いたのは、頼朝との燃える恋に身を焦がした八重であったろう。ふたりは勝手に夫婦となった。平家の忠臣である実父・伊東祐親《すけちか》は、三年ぶりに都から戻って娘の醜態を知るや、激怒し、夫婦の仲を引き裂いた。

「あの人、今は、どんな顔つきをしているのでしょうね」

他の男を想う妻の言葉に、小四郎は灼けるような嫉妬を覚えた。

伊東家を逐《お》われた頼朝は、北条家を頼り、小四郎の姉政子《まさこ》を正室に迎えて生き延びた。今は蛭ヶ小島《ひるこじま》に身を潜めながら、恋とは無縁の政略に明け暮れている。離縁して以来、一度も八重と会っていないはずだった。

「男は戦《いくさ》で、女は恋で、歴史に名を残すのよ」

「私では、英雄になれぬ、と?」

悔しいが、昨夜も北条氏館で会った三十四歳の義兄は、人を惹きつけてやまぬ英雄の顔つきをしていた。

頼朝は人たらしの女たらしだ。源氏の正嫡という理由だけで、粗野な野望を抱く坂東武者《ばんどうむしゃ》たちが集まるはずがなかった。北条家も小四郎も、頼朝を主君と仰ぎ、自分たちの人生をかけるのだ。

八重は大きな瞳で穴の開くほど小四郎を見つめてから、呟くように答えた。

「あなたなら、なれるかも知れない。あの人に、似ているもの」

伊東竹ノ内の別館へ乗り込んで求婚した少年を、八重は最初、邪険にあしらい、落飾すると応じた。それでも、全身全霊で初恋を貫くと訴えると、今と同じように小四郎を見つめてから、掌《てのひら》を返したようにあっさりと諾した。

小四郎が望んだせいもあるが、八重は夫を「どの」付で呼び、恋の手ほどきを楽しんでいる風があった。

——十年ほど生きても、真珠を作れる阿古屋貝《あこや》は数えるほどなのよ。

しばしば八重は、恋を大好きな真珠に喩えた。

——最高の恋を成就させた阿古屋貝だけが、一生をかけて奇跡の宝玉を作りあげるの。

髪飾りの形見を残した白拍子の母の受け売りらしいが、没落貴族の姫だった八重の母は、恋の真珠を作れなかったそうだ。

「今朝、鏡を見たら、目尻に小さな皺《しわ》ができていたの。小四郎どのがもう少し早く生まれていたら……」

いつも強気で天真爛漫な八重にしては、珍しい泣き言だった。ほっそりした指先で、手中の髪飾りの一ツ真珠を愛おしそうに撫でている。

父祐親の炎のごとき性格を、八重姫はよく受け継いでいた。

頼朝を討とうとする父に対し、八重は三歳のわが子千鶴丸《せんつるまる》を突き出し、夫の代わりに自分とわが子を殺せと訴えた。その間に、侍女の琥珀《こはく》を兄のもとへ遣わして危急を知らせ、姻戚の北条家へ頼朝を逃した。祐親は娘こそ殺さなかったが、孫の千鶴丸を山奥の松河《まつかわ》の底へ沈めて、平家への忠誠を世に示した。

それでも祐親が北条家と表立って事を構えようとせず、小四郎と八重の尋常ならざる縁組を許したのは、側腹《そばはら》の苛烈な末娘を早く手放したかったせいか。

「姫、お輿《こし》のご用意ができました」

ふたりの背後で、豪傑然とした大柄な大年増の侍女が八重にかしずいた。

琥珀は、幼い頃から仕えてきた女主《おんなあるじ》を、今でも「姫」と呼ぶ。八重はわがままで誰にも媚びを売らぬ代わりに、侍女たちを可愛がり、気風《きっぷ》もよくて慕われていた。他家の若い家人《けにん》が侍女を小馬鹿にしたと聞くや乗り込んで行き、北条家の大事にして謝らせたこともあった。伊東からは四人の侍女が従《つ》いて来たし、江間で付けた侍女二人も心酔している。主従七人は姉妹のように仲が良かった。

「今日も、真珠ヶ淵へ？」

陽光を浴びると青緑に輝く川の深淵を八重は好み、暑い日はよく木陰で涼んでいた。

「その前に、蛭ヶ小島へ参ります」

頼朝が住まう、狩野川《かのがわ》にある中洲のひとつだ。

八重は澄まし顔だが、小四郎は心中穏やかでなかった。

妻が燃える炎のように美しいのは、今でもなお頼朝を想い、恋に生きているせいなのか。

「恋は思い出になって、終わるわけじゃない。恋は終わってからだって、花開くのよ」

前夫への未練など、八重らしからぬ醜態ではないか。

さすがに気分を害した小四郎は、言葉を継ごうとする八重を遮って、荒々しく立ち上がった。

以前に一度、頼朝のことで激しい口論になり、琥珀がすっとんで来て、「姫の代わりに、わたくしの命を差し上げます。さあ!」と小四郎に短刀を差し出した夜もあった。

剣呑な空気を変えるように、門前で馬が嘶《いなな》いた。

「合議の前に、ちと談合したいのでござるがな」

家人に案内されて庭へ入ってきた若武者は、三浦《みうら》家の嫡男、平六《へいろく》(後の義《よし》村《むら》)だ。早熟な若者で、馬が合った。北条家及び同心する関東武士団は、まもなく乾坤一擲《けんこんいってき》の大勝負に出る。若き小四郎と平六も、身を投じるのだ。

「これからは殿方の時代ね。乱れた世で、あなたも恋どころじゃなくなるでしょう」

八重が居住まいを正して小四郎に対したが、わざと無視するように庭へ下り、平六を促して門へ向かう。

「旦那さま」

しっとりと落ち着いた女の声に驚いた。これまで旦那さま、と呼ばれたことはなかった。

振り向いた小四郎とまっすぐに目を合わせてから、八重は恭《うやうや》しく優雅なしぐさで平伏した。

「行っていらっしゃいませ。ご武運をお祈りいたしております」

小四郎は面食らった。かくも改まった武家の嫁らしい挨拶は初めてだ。ようやく夫として認められたのか。

「行って参るが、夕方には一度戻る」

八重はこれまで見せたこともない、妖艶だが優しげな微笑みを返してきた。

不思議な妻だ。

蜂起の企《くわだ》てが破れたなら一巻の終わりだが、波乱に満ちた未来をこの女性と共に歩んで行けるなら、幸せ者だと思った。

「相変わらず、図抜けてお美しい奥方じゃ。羨ましい」

庭を出ると、平六が冷やかしてきた。

「今の私にできる、ただひとつの自慢だ」

「惚れ込む気持ちはわかるが、尻に敷かれておるとか」

「悪いか？」

小四郎は上機嫌で反問した。

二

眩しいほどの真白《ましろ》に輝く狩野川の岸辺で、八重は輿を降りた。

「姫、あれが亀ノ前《かめのまえ》でございますよ」

琥珀の耳打ちに、川の向こうを見やると、清楚な姿形《なり》の小娘が見えた。

「あの人の好みそうな、可愛らしい顔立ちね」

頼みもしないのに琥珀は、近ごろ身辺の世話を始めた女子《おなご》に頼朝が執心らしいとの噂を仕入れてきていた。頼朝にとっては、ただの恋遊びだ。琥珀は正室に収まった政子に敵愾心《てきがいしん》を燃やすが、八重は姪にあたる醜女《しこめ》など、端から歯牙にもかけていない。

政子は恋に夢中らしいが、頼朝は違う。三十路も過ぎて、己の野心のために若い女の心を弄び、北条家の力を利用しているだけだ。

昔、二十歳の頼朝は十五歳の八重との恋に溺れていた。若いふたりは音無《おとなし》の社《やしろ》で逢瀬《おうせ》を重ねた。日暮しの森でひねもす待たせてやった時もある。八年余り続いた恋は、引き裂かれるその日まで続いた。

阿古屋貝は一生で一度、たったひとつしか、宝玉を作らない。恋も同じだ。

八重は小四郎をつかまえて、酒盃を重ねながら、何度も真珠の恋を語った。

可愛い夫は熱心に聞いてくれた。

「すぐに済みます。お前たちは、梛《なぎ》の木陰で待っていなさい」

六人の侍女は、恋遊びの好きな女たちを選んだせいか、同年代か年上だった。恋の話ができなければ、一緒にいてもつまらない。夫に先立たれたり、離縁されたり、行き場を失って頼ってきた侍女たちばかりだ。七人揃うと、恋話に花が咲く。

八重は渡し舟から身を乗り出して、鏡の水面《みなも》に顔を映し、自分の容姿を確かめた。

(だいじょうぶ。誰よりも、美しい)

今日の八重は、これまでの人生で最も美しくあらねばならなかった。

ほどなく対岸に着いて舟を降りると、小庭で水を撒く少女の色気のない後ろ姿に声をかけた。

「前《さき》の右兵衛権佐《うひょうえごんのすけ》さまの妻であった、八重と申します」

あどけない顔で来訪者を見つめていた亀ノ前は、「今はお寝《やす》みかも知れませんが、少々お待ちを」と一礼し、廬《いおり》の中へ消えていった。

建前ではまだ流人の頼朝は、昼夜逆《さか》さで要人と会っているのだろう。

別れた男が没落して惨めな末路を辿るなら、恋の真珠などできはしない。父は娘が選んだ男の人物を見抜けなかったが、世は激変し、これから頼朝は必ず飛翔する。

廬から現れた長身は、片手の合図で小娘を去らせると、自信に溢れた足取りで八重のほうへ向かってきた。

会釈してから、生垣越しに視線を絡め合わせる。

男として円熟した前夫は、冷たさを感じるほどに中年の余裕と風格を漂わせていた。

八重がする前に、頼朝のほうから微笑みかけてきた。

澄まし顔で受け止める。

「お変わりなく、ご壮健のようですね」

「この二十年、存分に胆《たん》を練ってきた。時はまもなく、熟する」

真珠となる恋は一度しかできない。女たらしの頼朝でも、同じだ。

頼朝は、八重との恋を捨てていない。捨てられるものか。

ふたりの恋は、これから見事に結晶してゆくだろう。

「ご武運をお祈りいたしております」

鄭重《ていちょう》に頭を下げる。これが、最後だ。

前妻に向かい、ゆっくりと頷いた頼朝は、昔と変わらぬ低音で告げた。

「さらばだ、八重」

若い小四郎と違い、頼朝は八重が来訪した目的も、恋の行方も、すべて承知している。

八重はかつての想い人に、最高に輝く微笑みを返した。

三

北条氏館の庭に涼しげな夕風が吹くのは、近くを流れる狩野川の支流と、裏手にある守山《もりやま》の緑のおかげだろう。

合議の小休止に、小四郎は外気を吸おうと庭へ出た。平六が伴う。

川の向こうに江間屋敷が見えた。八重はもう戻っているだろう。

どこかへ行くと、八重はよく富士の姿を確かめた。日本一だからだ。

「初戦は負ける。父上も兄上も、承知の上だ。後は誰が貧乏くじを引くかだが、人の生死は天が決めよう」

小四郎の言葉に、平六が小さく笑った。

「十倍する敵に対し、勝算はあるまい。だが本当の戦いは、負けた後に始まる」

「最後には頼朝殿が勝つと、私は確信している」

あの八重が認め、恋した男だからだ。

たとえ一敗地に塗《まみ》れようとも、関東武士団が源氏の棟梁を担いで立ち上がる姿を天下に知らしめれば、後に続く者が出る。頼朝を失わぬ限り、反平家の狼煙《のろし》は関東一円を覆い尽くし、時代を変える巨大なうねりは、やがて全国へと広がってゆく。その場に小四郎が生きてあるかは、分からない。

そう考えると、八重が恋しくて、たまらなくなる。

「内も外も波乱が続く。お互い、生き残りたいものじゃな」

友の言葉に、小四郎は江間屋敷を見やりながら拳《こぶし》を握り締めた。

必ず生き延びてみせる。八重と共に、八重のために。

四

「お通しなされ。わたしは、江間小四郎さまの妻ぞ」

守山の中腹で輿を止められると、御簾《みす》を少し開けさせて、八重は命じた。

「畏れながら、ご用向きをお尋ね申し上げても――」

「富士を眺めに参る。日ノ本一のお山じゃからな」

八重の剣幕に、北条家の衛兵たちは諦めたように一行を通した。

頂きの手前から、八重は輿を降りて歩いた。すっきりとした夏富士を望む。

傍らへ来た琥珀たちに、振り向かぬまま別れを告げた。

「お前たちはここまでにせよ。わが夫が、わたしの侍女たちを粗略に扱うことはない」

まもなく男たちの戦いが始まる。八重の美しさは次第に翳《かげ》り、今は跪《ひざまず》いている小四郎もいずれ離れてゆく。最高潮で人生を終えるなら、今この時だ。

蛭ヶ小島で再会した頼朝は、惚れ惚れするほど良い男ぶりだった。

さすがに八重の恋した男だ。

古来、英雄は美女に、美女は英雄に恋をする。

夫を愛する女もいる。子を慈しむ女もいよう。

だが、八重は違う。恋に生き、恋に死ぬ。

「では姫、やはりお覚悟を？」

琥珀の問いに、八重は毫《ごう》もためらうことなく、頷いた。

八重と頼朝の恋は、まだ完成していない。

頼朝が英雄となった時、ふたりの恋は宝玉となる。頼朝も分かっていた。

「女が女に惚れることだってあるんですよ、姫」

振り返ると、琥珀を真ん中に、女たちの笑顔が並んでいた。

「お前たちも、馬鹿ね。お好きになさい」

侍女たちを引き連れ、崖の上から真珠ヶ淵を望んだ。

北条の地では、ここが最も美しい場所だ。八重の最期を飾るにふさわしい。

切り立つ崖の岩場に立った時、小四郎の甘え顔が思い浮かんだ。

「琥珀よ。欲張りな阿古屋貝が、真珠を二つ作ることはないであろうか」

二度目の恋など、できるはずがないと思い込んで再嫁した。だが、どうも様子が違う。若い夫は八重好みのいい男になってきた。

「絶対にないと、姫が仰っていたではありませんか」

「さようか。わたしの作る恋真珠は、世にも稀《まれ》な宝玉となろう」

笑みを浮かべる八重の眼下で、真珠ヶ淵が清澄な青緑を湛えていた。

崖上に涼しげな一陣の風がそよぎ、八重の長髪を靡《なび》かせる。

たちまち水面が光と戯れ、無数の真珠を鏤《ちりば》めたごとく、深淵は一斉に輝き始めた。

五

夕暮れ迫る淵の辺《ほとり》で、小四郎は冷たくなった妻の骸《むくろ》を掻き抱いた。

八重は侍女たちを連れ、よくこの界隈を楽しんでいた。

里人は残念そうに何度も頭を振った。

「梯子《はしご》でもあれば、お助けできたのですが……」

いや、深淵に梯子を下ろしてみたとて、八重は見向きもしなかったろう。ずぶ濡れの袿姿で梯子にすがる八重の姿など、想像だにできなかった。

北条氏館から江間屋敷へ戻った小四郎は、文机の上に真珠の髪飾りを見つけた。八重がいつも使う蝶柄の手鏡の上に置かれていた。

見た途端、妻はもう死んだのだと、小四郎は悟った。

八重はもう、美を装う必要がなくなったのだ。

すぐに、北条氏館にまだ残っていた平六が、八重の入水《じゆすい》を伝えてきた。侍女たちを引き連れ、派手に死出の旅へ出たという。

小四郎はただちに真珠ヶ淵へ馬を駆った。

土気色でも、彫像のように美しい死に顔だった。里人が気づきやすい時と場所を選んだのは、夫が対面するであろう自分の死に姿に、気を配ったせいだ。

妻の顔を白布で覆い直した。平六にも、見せたくなかった。

何をしたとて、八重はもう、救えなかったろう。

望むがまま、恋だけに生き抜いたのだ。

六

夏蟬たちの歌う真珠ヶ淵の深い青緑は、二十年前と少しも変わっていなかった。

あの日から、江間小四郎改め北条義時《よしとき》は、乱世を夢中で駆け抜けてきた。亡き妻が断言した通り、ときに女遊びはしても、全身全霊の恋などしている暇も、心のゆとりもなかった。ひたすら戦と謀略に明け暮れた。

時はあっという間に流れ、八重の死んだ齢《よわい》を超えて、義時も三十八になった。

八重があの時、真珠ヶ淵へ身を投げた理由が、今ならわかる。

あの烈女は寸毫の迷いもなく、余裕の笑みを妖艶に浮かべながら入水したに違いない。

伊豆を起点に、燎原《りょうげん》の火のごとく燃え広がる天下の騒擾《そうじょう》へ若き夫が没入した時、恋も終わると、八重は知っていた。恋に生きる女には、乱世の武家の嫁なぞ務まらぬと、弁《わきま》えてもいた。ゆえに、己を崇拝する男の心の中で、最も美しき姿のまま保存されようとした。

頼朝は英雄となって、八重との恋を完成させた。英雄の恋した妻として、八重は歴史に名をとどめた。頼朝の記憶に美しいままとどまり、恋の真珠を作らせるために、八重は最後の日、蛭ヶ小島へ出向き、持てる最高の輝きを見せつけたのだ。

それだけでは、ない。

八重姫の恋真珠は、もうひとつあった。

お気に入りの鏡の上に髪飾りを置いたのは、本来ひとつしかないはずの真珠を二つとするためだ。

欲張りな八重は同時に、江間小四郎の妻として、究極の美を保った若さで死んで見せ、夫の恋心を燃え盛ったままで凍結した。

頼朝と同じく、義時にも英雄たる資格があると見たからだ。

——恋は終わってからだって、花開くのよ。

最後の日、妻が口にした言ノ葉を、義時は改めて反芻してみる。

あれは、八重らしからぬ頼朝への未練などでは決してなかった。

まさしく義時に向けた遺言だったのだ。

あの日、八重は義時を夫として正面から認めた。死地へ赴くに当たり、守山の衛兵に堂々と「江間小四郎の妻である」と名乗った話も、聞いた。

義時は真珠ヶ淵の水鏡に、己の顔を映してみる。

あの頃の頼朝のように、野心を秘めた精悍な顔つきだ。

もしも今、八重が生きてあれば、義時に惚れ込んだろう。他方、義時は老いて容色の衰えた妻に夢中になれたろうか。あの時に消えたからこそ、八重は永遠の女性として、義時の心の中にしかと刻み込まれた。

恋とは、実に身勝手な人間の感情であり、駆け引きだ。

義時にとって、たったひとつの恋に真珠の輝きを与えうるか、否か。

それは、これからの生き方次第だ。

「いよいよ、決意されましたかな」

亡き妻の命日に仕切り直そうと、過去の委細を知る三浦義村を伴ってこの地へ来た。

「お主まで付き合わせて、済まなんだ」

現在の政庁は遠く鎌倉にあり、昔、八重と暮らした伊豆ではない。

頼朝亡き後の熾烈な政争は、まだ始まったばかりだ。

これから、政敵をことごとく打ち倒してゆく。甥の頼家《よりいえ》を陥れ、いずれはその弟の千幡《せんまん》（後の実朝《さねとも》）をも排する。源氏を滅ぼして、わが手に天下を掴んでみせる。

恋は終わってからこそ、花開く。

英雄となり、八重姫との初恋を、宝玉として結実させるのだ。

義時は軽く頷いてから、夏空を見上げた。

真珠色のちぎれ雲が、蒼天をゆっくりと流れてゆく。

石《いし》橋《ばし》山《やま》の戦い

武内 涼

石橋山古戦場

治承4年（1180）、高倉宮以仁王の平氏追討の令旨をかかげて伊豆で挙兵した源頼朝が、鎌倉に向かう途中、前方を大庭景親に、後方を伊東祐親に挟まれて大苦戦をした「石橋山の合戦」の舞台として知られる。頼朝方の先陣・佐奈田与一義忠などの活躍もあったが、10倍を超える敵の軍勢に敗れた頼朝は、箱根山中に逃れた後、真鶴から海路で安房（千葉県）へ向かうことになった。

地図❺
◆神奈川県小田原市石橋
◆JR小田原駅からバスで「石橋」下車

夜になり強雨が降り出した。

凄まじい風も、石橋山《いしばしやま》にそびえる樹をもだえさせている。

土砂降りに打たれ、烏帽子《えぼし》をずぶ濡れにし、髪、鬚《ひげ》をべっとりさせた腹心、土肥実平《どひさねひら》が頼朝《よりとも》の許にやってくる。

実平は告げた。

「大庭《おおば》勢が玉川《たまがわ》をへだてて北に陣取りました。その数、三千！」

治承《じしょう》四年（一一八〇）八月二十三日。

六日前、伊豆《いず》の目代・山木兼隆《やまきかねたか》を討ち、打倒平家の旗をかかげた源《みなもと》頼朝は妻、政子《まさこ》を伊豆走湯山《そうとうざん》権現にあずけるや、三日前、つまり、八月二十日に伊豆から相模《さがみ》土肥郷（今の湯河原《ゆがわら》）に入った。

つきしたがうは伊豆相模の御家人、三百人。

北条《ほうじょう》一族、安達盛長《あだちもりなが》、土肥実平、佐々木《ささき》兄弟らだ。

頼朝はこの年の四月に以仁王《もちひとおう》から——平氏を討て、という令旨《りょうじ》を受け取っている。

石橋を叩いてわたる気質の頼朝、すぐには、動かなかった。潜龍の如くじっ

と天下の動静をうかがった……。

五月に以仁王と、その有力な方人《かたうど》、源頼政《よりまさ》が討たれても、天下に燻《くすぶ》りだした

打倒平家の気運は消えぬ。下草の間をじわじわ広がる山の火の如く、それは諸

国の侍、民草の胸底で、燃え広がりつづけた。

——油をそそげば一気に炎が立つ。

という確信と、自らの命が平家に狙われているという京からの知らせが重な

った時、頼朝は初めて父の仇・平清盛《たいらのきよもり》を討つと決断した。

それが、六月だった。

父、義朝《よしとも》が棟梁として根を張った地、坂東《ばんどう》へ、味方をしてほしいという頼朝

の使いが飛んだ。

坂東武者《むしゃ》の反応は様々であった。

天下をにぎる平家にくみさんとする侍もいる一方、相模の三浦《みうら》氏のように源

氏との旧縁を重んじ、挙兵にくわわる武士もあった。

『平家は一門とその余類で日本六十余州のうち、三十二ヶ国を知行国《ちぎょう》とし、天下の富のほとんどを吸い上げておる。これに対する反発は大きいはずだが……』

あつまった味方の少なさに苦慮する頼朝に、舅、北条時政《ときまさ》は、

『心は源氏に寄せつつも平家の力を恐れて立ち上がれぬ者も多いのでしょう』

『……左様な者たちを味方に引き込む術《すべ》があればよいのだが。何かもう一押しの妙計はないものか』

今日八月二十三日。頼朝は三浦勢数百と合流すべく土肥郷から北上している。

頼朝たち三百人は相州《そうしゅう》石橋山に陣取る。東に相模湾をのぞみ、西北に山を分け入れば、箱根《はこね》の大山塊にいたる地に。

一方、頼朝謀反《むほん》の知らせは、豆州《ずしゅう》、そして隣国相州にあっという間に轟いていた。頼朝を助けるべく西走する三浦勢数百より先に南からは伊豆の豪族、伊《い》東祐親《とうすけちか》率いる三百名の平家勢、北からは大庭景親《かげちか》率いる相模、武蔵《むさし》の平家方三

千がひたひたと迫っていた――。頼朝は二つの敵にはさまれる危機に陥っていた。

木と木のあわいから、黒々と荒ぶる海が見える。タブ、榎、樫などの高木がそびえる山肌を、霧が這っている。

豪雨の中、景親が三町（約三百メートル）北の小川の向うにある山に陣を据えたと聞いた頼朝は、

「三浦は、まだか？」

焦りが、にじむ。

「……酒匂川《さかわがわ》が増水し、こちらにこられぬようです」

固い面差しで応じた時政にどさーっと雨水がそそいだ。

頼朝は樫類の巨木がそびえる樹叢《じゅそう》におり、夥《おびただ》しい葉群が雨の猛威から守ってくれている。嵐の夜とは思えぬほど乾いた落ち葉が、頼朝の足元にはある。だが時折、雨の重みに梢が耐えかね水の塊が落下、家来を打ち据えたり篝火を消そうとしたりした。

夜の森に床几を据えた頼朝は、

「三浦と合流できれば勝機はある。坂東には源氏に心寄せる者も多い。大庭が苦戦すれば、そうした者どもの決起をうながせるだろう」

ずぶ濡れの実平が、

「大庭がこの雨風の中、兵を動かさぬと信じましょう」

「……そうじゃな」

だが、大庭景親、俣野景久《またのかげひさ》が率いる平家軍三千は土砂降りを突き破り、頼朝率いる三百人に襲いかかっている――。

思慮深き大庭は頼朝と三浦一族が合流する事態を危ぶみ、一刻も早く反乱を破砕しようとした。

豪雨の中、平家方から、鋭い声で、

「鎮守府将軍・平良文《よしふみ》が後裔、相模の住人、大庭景親なり！　そもそも平家は長らく朝家の御守をつとめ、天下の逆乱を鎮めて参った！　なかんずく太政入道殿は保元《ほうげん》、平治《へいじ》の凶賊を平らげ、その身、太政大臣に登り、子孫は悉《ことごと》く社《しゃ》稷《しょく》の重職におわす！　海の魚とてその御意向には素直にしたがうものよ。にもかかわらず……平家の御代をかたむけんと愚かにも企んだは、誰人ぞっ！　天子の龍車に、諸手を上げていどみし蟷螂《とうろう》の真似をしたいのか？　戯れにも度がすぎよう。名乗れ、名乗れ！」

蟷螂の斧にひとしいと罵られた頼朝の眉がぴくりと動く。傍らにいた北条時政がきっと出て、

「汝知らずや？　我が君は清和《せいわ》天皇の後胤、八幡《はちまん》殿の四代の御孫、前右兵衛佐《さきのうひょうえのすけ》ぞ！　傍若無人の景親が申状《もうしじょう》すこぶる無礼！　平家は悪行身にあまりて朝意をないがしろにした。これによって一刻も早くかの一門を滅すよう令旨を下されたのだ！」

長らく東国の者は京の政に苦しめられてきた。平家が専権を振るうや、苦しみは増した。

頼朝たちは源氏や坂東武者、東国に生きる者の命、暮し、尊厳を守るために旗揚げしたのであって、朝廷を守るための挙兵ではなかったが、以仁王の令旨は平氏を討つ格好の口実をあたえたため、これを前面に押し出している。

時政は源氏の白旗の上に錦の袋に入れてむすびつけた令旨を指し、

「平家こそ、逆賊！　その家人を号する有象無象よ……。まずは、この旗を拝み見よ！　しかも景親……故八幡殿、奥州《おうしゅう》の貞任《さだとう》、宗任《むねとう》を攻められしよりこのかた、東国の輩《やから》は一体誰人の御家人であったのかっ！」

「…………」

「源氏ではないか！」

景親の近くにいる幾人かの武士が強張ったように見える。勢いづいた時政は、

「その方が馬に乗って、我が主にいろいろ仔細を申すことがすでに奇怪《きっかい》なのじゃ」

「言わせておけば……。かかれぇ！　逆賊どもを討ち取れ！」

こうして——石橋山の戦いははじまっている。

雨風にもだえる夜の密林、誰が敵で、誰が味方か知れぬ、ずぶ濡れの闇の中、頼朝軍三百と、平家軍三千は、ぶつかり合う。

血と泥が、悲鳴をまじえながら散った——。

敵以前に泥水が立ちふさがってくる戦いだった。

源氏方は二十五歳の若武者、佐奈田与一《さなだよいち》の奮闘もあった。

が、

「佐奈田与一は俣野五郎《ごろう》が討ち取ったり！」

この声がひびくや平家はどっと雄叫びを上げ、源氏の士気は削がれた。数で勝る平家は押しに押す。佐々木高綱《たかつな》、加藤景廉《かとうかげかど》などが頼朝を守って奮闘するも次第に押し負ける。

明け方、遂に源氏は土肥方面に崩れだしている。

と、雨霧の中、数知れぬ杉が森厳と立ち並ぶ椙山《すぎやま》まで落ちた頼朝に、

「そこに落ち給うは源氏の大将軍と見た！　腑甲斐なくも後ろ姿をお見せになるものかな。無益の謀反を起し、源氏の名を折った御人よ。返し給え、返し給え！」

平家の追手から、矢と一緒に罵りが飛んだ。

――源氏の名を折った？

誇りを傷つけられた頼朝の面《おもて》が歪む。赤地錦の直垂《ひたたれ》に赤縅《あかおどし》の鎧をまとった頼朝はものも言わずに射返す。

一の矢は雑言を吐いた敵の鎧の隙間に射込まれた。

二の矢が、その敵の馬の鞍の前輪から、背にかけて貫通。馬は、痛ましく叫び、しきりに跳ねたので、深手を負った敵は――叢に叩き落とされ、動けなくなる。三の矢は二人目の敵の馬の胸に深く刺さり、馬は後ろ脚で立つ姿になったから、二人目の鎧武者も地面に恐ろしい勢いで叩き落とされた。

頼朝は無言で気を吐き三人目の敵を射殺した。

吾妻鏡《あづまかがみ》は、この日の頼朝について、

武衛（頼朝）また駕を廻らし、百発百中の芸を振ひて、相戦はるること度々に及ぶ。その矢は必ず羽《はぶくら》を飲まずといふことなく、射殺すところの者これ多し。

（頼朝公はまた馬をめぐらし百発百中の射芸を見せて何度も戦った。その矢ははずれるということなく、射殺した者は多かった）

と、しるしている。

源氏は散り散りになって広い山中を逃げる。

雨は執拗に降りつづけた。

数騎となった頼朝一行。敗走の途中、幾度か味方の落人とゆき合い、彼らは同道を願い出るも、その度に泥まみれの実平は、

「いや、大人数なら必ず景親に捕まる……。景親は執念深く細やかな男。故にお主らには、別々に山を逃げて彼奴《きやつ》を惑わしてほしい」

源氏の郎党どもは声をふるわし、

「土肥殿。わしらにも御供をさせてくれいっ……」

当地の領主である土肥実平、きっぱりと、

「ならん。今の別離は後の大幸じゃ。この山は、わしにとって庭。小人数《こにんず》なればば何としても御大将をお守りしよう。されど、大人数では守れぬ。この通りじゃ」

吾妻鏡は、云う。

これによりて皆分散す。悲涙眼を遮り、行歩道を失ふ……。

(これによって皆、散り散りになった。悲しみの涙で目がさえぎられ、道が霞むほどだった)

一方、大庭景親は、

「頼朝はまだ、山の中に隠れておるに相違ない！　草の根わけてもさがせ」

その頃、頼朝は――実平の案内で、石橋山から見て南西、土肥の椙山の中、しとどの窟《いわや》という洞穴に潜み雨風をやりすごそうとしていた。

ずぶ濡れになった六人の家来と鎧をすり合わせて隠れていると夥しい軍兵の気配が近づいてきた……。

緊張の冷たい塊が喉から胃へゆっくり下がる。

――追手だ。

窟に潜んだ頼朝は息を殺す。

――南無八幡大菩薩。我を守り給え。

「おったか！」

「おりませぬ！」

声、そして数多の足音が近づいてくる。――数十名の敵だ。見つかれば命はない。

まるで、首切り役人の足音のように、鎧の硬い音、濡れた落ち葉を踏むやわらかい音が、寄ってきた。

――くるな！

頼朝は、願う。

足音はだんだん大きくなってくる。

「木の洞や洞穴なども念入りに探せとの仰せじゃ！」

太声がした次の刹那、黒い鎧を着た敵の武士が――窟をぬっとのぞき込んだ。頬骨が張り出た壮年の男で口髭をたくわえていた。頼朝とその男の目はしっかりと合う。

……この男はたしか相模の――梶原景時《かじわらかげとき》。父上に仕えていた男。

五つ数えるほどだったが、もっと長大なる時に思えた。

――よし、後世の者に無様と言われぬ最期を……。

頼朝主従が観念した瞬間、景時は小さくうなずき、低く囁いた。

「……心は、源氏にあり申した。……お助けしよう」

すぐ近くまで他の者の足音が迫ってきたため、踵《きびす》を返した景時は、

「……ここにはおらぬ！」

と告げ、兵とともに遠ざかってゆく。

……助かった……のか？

驚きの波紋が頼朝たちに広がっている。

景時が何故、頼朝を助けたのか？　言葉通り源氏をしたっていたからか、平家方としてはたらきつつも、心の中では彼《か》の一門への不満をたくわえていたからか、頼朝を見逃すことで、後に栄達につながるかもしれぬと踏んだからか、定かではない。

ここで景時が頼朝を捕えていたら、歴史がどう転んだかまるでわからない……。

景時によって九死に一生を得た頼朝は、箱根の山伏に匿われ、相模湾を舟で突っ切って房総《ぼうそう》半島にわたり、夥しい味方を得るのである。

梶原景時は後に頼朝に仕え、重臣となり源義経《よしつね》と対立することになる。

石橋山の戦いは――頼朝にとって苦い緒戦であった。だが、この死地を潜り抜け、敢然と平家に抗う旗を揚げつづけたことで、頼朝は東国の棟梁となり、やがて平家を滅ぼすのである。

義《よし》時《とき》の憂《ゆう》鬱《うつ》

松下隆一

北条氏邸跡

守山の北西、狩野川の東岸にあった北条氏の館跡。館が使用されていたのは3代執権北条泰時の頃までと考えられている。なお、狩野川の西岸は江間と呼ばれ、北条義時邸があったと伝えられている。鎌倉幕府が滅びると、北条高時の母・覚海円成をはじめとする一族の女性が北条氏邸跡に円成寺を建立して、北条一族の冥福を祈った。

地図 6
◆静岡県伊豆の国市寺家13
◆伊豆箱根鉄道
韮山駅から徒歩約30分

一

　放った矢は猪の面《つら》をかすめて斜面に突き立った。猪は前足を跳ねて身を躍らせると、茂みの中へと逃げ込んだ。義時《よしとき》は小さく舌打ちをして弓をだらんと下げる。背後で兄、宗時《むねとき》の笑い声があがった。

「もっと素早く真っ直ぐ、大きく引け。何度言ったらわかる」笑顔のままで言うと、宗時は太陽を見上げた。「さて、そろそろ飯にするか」

　宗時は太刀と空穂《うつぼ》を外すとその場に座った。館からほど近い山で、山中なのになぜかそこだけは木がなく、短い草ばかりが生い茂って風が舞っている。義時はしばらく突っ立ったままで宗時を見ていた。

「どうした。獲物を逃して食う気も失せたか」宗時はまた笑った。

義時は曖昧な笑みを返すと、太刀と空穂を外し、宗時の横に座った。幼い頃から駆け回って遊んだ場所だった。八つちがいの宗時を追いかけては転んで泣いてを繰り返した記憶がある。

ちぎれたような綿雲が五つ六つ浮かんでいるだけの、よく晴れ上がった日だった。真正面には初雪を冠した富士山が見える。雲よりも上にそびえる富士山は義時には神秘でしかなかった。眼下には狩野川《かのがわ》や義時の住む館があったが、富士山に比べればとるに足らぬ塵のようであった。板葺き屋根の主屋と対屋《たいのや》、厩《うまや》が並び、まわりはよしずの垣根で囲われている。こんな粗末な館で一生を終えるのはまっぴらだった。

鳶の影が地面を這っている。きつい風が吹いて木々が鳴る。茶色い蝉の抜け殻が飛んで来て、義時の前に落ちて転がった。義時は夏の終わりを感じた。

宗時は懐から竹皮包みを出して開き、大きな握り飯を一つ取ってうまそうに食べ始める。義時も同じように包みを開いたが、ふと手を止めた。

「恐ろしいか」

水筒の水を飲んで宗時が訊く。義時は黙って握り飯を頬張った。

「まあ誰だって初めての戦《いくさ》は恐ろしいものだ。しかもお前の弓の腕ではな。せいぜい父上や吾《われ》のそばを離れぬことだ」

宗時の言葉は明らかに冗談混じりの気遣いであったが、わかってはいても義時は苛立ちを覚えた。

歳の差があるとはいえ、何かにつけて父親の時政《ときまさ》は二人を比較し、文武において劣る義時を厳しく叱責した。時には手を上げることもあった。真冬の夜に下帯ひとつの姿にさせられ、井戸水を浴びせかけられたこともある。いや、義時が本当に嫌だったのは母親の目だった。労わるのでも庇うのでもなく、蔑むような目で見られた。だが宗時に対しては、陰でねぎらいの言葉をかけているところを度々見かけた。

いつしか義時は、おれは北条《ほうじょう》の血を受け継いではいない異端、やむなく他家から押しつけられた子なのではないかと、疑念が渦巻くようになっていた。

「お前はどう思う？　勝てると思うか？」宗時が訊いた。

「……山木《やまき》兼隆《かねたか》の首ひとつくらい何とでもなりましょう」

宗時は鼻で笑った。

「お前はまだ子どもだな。山木の首を獲れば、黙っていても何千という平家の手勢が攻めて来る。まともにやれば我らの勝ち目はないだろう」

「だとするなら此度の戦は無謀ではありませぬか」

「無謀でない戦などあるものか」

「ではどうすれば」

「さあな。なるようにしかならぬのが世の常よ」

陽が翳《かげ》って暗くなる。義時は光に照らされない館を見て、死んだように感じた。彼は戦のことなど考えてはいない。誰からも愛《め》でられず、十八という齢《よわい》で何の武功もあげられないまま死ぬかもしれないさだめを呪っているだけであった。

塩のきいているはずの握り飯が、砂を噛んでいるようにしか感じられない。無意識のうちに足を伸ばし、先ほど飛んで来た蝉の抜け殻を踵《かかと》で潰した。

突然宗時が弓をつかむなり立ち上がり、流れるような機敏な動作で矢を放った。義時がその先を見た時、矢は猪の頭を貫いていた。猪はよろよろと五、六歩あるいたところでごろんと転がり倒れた。頭部から流れ出る血の色がやけに鮮やかであった。

義時は宗時を見上げた。宗時は無表情に猪のほうを見ている。ごくふつうに息を吸うて吐くが如く獲物を仕留める宗時は、義時にとって神々しくもあり、妬ましくもあった。

「これで戦の前に精がつくな」宗時は義時に笑顔を見せた。

宗時はいつも明るく振る舞ってはいるが、暗い一面があるのを義時は知っている。夕闇迫る狩野川の岸辺にひとり佇み、物思いに耽っているところを幾度か見かけたことがあった。よく浮かべる笑顔も、どこか陰鬱さを孕《はら》んでいるように感じる。

「若お館さまーっ」と、宗時を呼ぶ声が近づいてきた。

従者の六助《ろくすけ》がこちらに向かって駆けて来る。

「お館さまがお呼びでございます。今すぐお戻りを」

六助は血相を変え、息を切らしながら二人の前で平伏して言った。おそらく時政に怒鳴りつけられ、ここまで駆けて来たのだろう。

「六助、獲物を頼む」と言って宗時は歩き出し、義時も後に続いた。

二

義時と宗時が主屋の部屋に入った時、時政は仏頂面で酒の入った茶碗を傾けていた。

「お呼びでしょうか」

宗時は言い、義時と並んで時政の前に座った。だが時政は二人を見向きもせず、黙って酒を啜っている。顎の髭に酒の白い水滴がついて滴っていた。気の短い時政のことである。いつもなら「遅い！」と茶碗を投げて割っているところなのにと、義時は不審に思った。

厩のほうから馬のいななきが聞こえる。開け放たれた戸口の向こう、庭では雑色《ぞうしき》たちが時政の馬を出して鞍をつけていた。

「父上――」

沈黙に堪りかねたように宗時が声をかけた。時政は大きな眼で二人を見た。

「今日、佐殿《すけどの》より命があった」と言うと酒を呷《あお》ってまた黙り込んだ。

「頼朝《よりとも》さまは何と」

「千代《ちよ》を……そちたちの母を今宵のうちに誅せよとの仰せじゃ」

義時は思わず宗時と目を合わせた。

「吾はこれより討議があるゆえ……義時、この一件はそちに任せる。これも戦のうち、情けは禁物じゃ」

「しかし父上――」

時政は宗時の言葉をさえぎるように茶碗を転がして立ち上がり、床板を踏み鳴らして出て行った。義時は声をあげて笑った。何が討議だ、どうせ入れあげている若い側室の牧《まき》の方《かた》のもとへと行くのだろう。

「小心者の父上らしいな」義時が呟く。

「父上に向かって小心者とは何だ」

「だってそうでしょう。父上はあの女が怖いんですよ」

「母上と呼べ……父上はな、お前を一人前の武将にするために試しておられるのだ」と宗時は言ったが、浮かない顔をしている。「だが、まさか母上をとはな」

「したがわねばこちらの首が飛ぶでしょう。兄上、心配には及びませんよ。吾はやってみせます」

宗時はじっと義時を見つめていたが、寂しげに微笑み、出て行ってしまった。義時はいざって転がった茶碗を拾い、徳利を傾けて酒をなみなみと注いだ。酒に映る己の影を眺めながら、面白いことになったと思った。

母親の千代が頼朝を恨んでいることは、姉の政子《まさこ》から聞いて義時は知っていた。頼朝は千代が我が子同然に可愛がっていた歳の離れた妹、八重《やえ》と懇《ねんご》ろになって子までなしておきながら、父親の伊東祐親《いとうすけちか》の逆鱗に触れ、殺されそうになって遁走した。祐親は親平家の豪族として流人の頼朝の監視をしていたのだから無理もなかった。実際、八重の子は祐親によって溺死させられている。失意の八重は頼朝に救いを求めたものの、彼はその時すでに政子を娶《めと》っていた。結果、八重は絶望のあまり身投げをして自死したのだった。以来、千代は頼朝を恨み、政子と距離を置くようになる。義時は、千代を殺せとの命は政子の意向が入っていると睨んでいた。あの傲慢で気の強い姉ならやりかねない。

どいつもこいつもおかしな奴ばかりだと思った。義時は酒を一気に干し、ぼんやりとなる。苦く、甘い酒だった。すぐに燃えて体の中が熱くなった。なまぬるい風の中に馬糞の匂いを嗅ぐ。日の暮れかかった暗い庭にはもう誰もおらず、墨絵のように見える庭木の松の枝が静かに揺れている。義時は少し寝ておこうと思い、もう一杯酒をまたあふれるほど注ぐと、一気に呷って飲み干した。

しじまの中で虫の音と千代の鼻息が交錯している。義時は対屋に寝ている千代を縛り上げ、猿轡《さるぐつわ》をすると庭に引っ張り出して転がした。月明かりが千代の顔をかすかに照らしている。その目には恨みと恐怖の色が入り混じっていた。義時は短刀を引き抜いて喉をかき切ろうとしたが気が変わり、猿轡を解いた。

「そなた、お館さまに命じられたのだな」悔しさを滲ませて千代が言った。

「母上、吾の問いに答えてもらえませんか。その答え次第で生かして差し上げます」

「……何を訊きたい」

「吾はまことの、父上の子でありましょうか？」

千代は一瞬目を見開き、答えの代わりに目を伏した。義時は縛っていた縄を切った。驚きの顔で千代は義時を見上げ、そして慌てて逃げ去って行った。彼は情で逃したわけではなかった。おれの中に流れる血が、北条家とはかかわりないと知って安堵しただけであった。もし実の子であるなら、迷わず千代の首をかき切っただろう。

「お前にも情というものがあったのだな」

どこから見ていたのか、宗時が近づいて来た。

「父上には母上を狩野川の岸に連れて行って殺《あや》め、亡骸は川に捨てたと言っておけばいいだろう。吾が口添えをしてやる」

義時は微笑んで宗時を見た。それは宗時と意を一つにしたというわけではない。ただ兄上はおれの胸の内を何もわかっていないと思ったからであった。彼はこの時初めて、宗時に勝てた気がした。

三

小雨が草葉を鳴らしていた。今朝まで続いていた激しい暴風雨が午後になってようやく静まり、今は風もなく雨だけが降っている。窟《いわや》の表に座り込み、義時は雑兵たちに埋もれるように疲れた体を休めていた。窟の中では火が焚かれ、時政ら重臣たちが頼朝を取り囲んで何ごとか話し合っている。

無残な負け戦だった。山木兼隆の館を襲って勝利したまではよかったが、次の戦では尋常でない数の敵兵たちが一斉に矢を放ってきた。何度も矢が耳もとをかすめた。あの何とも言えない風を切る音を思い出すだけで怖気《おぞけ》をふるう。目の前で何人もの雑兵たちが殺された。目や首を射抜かれる者、槍で胸を貫かれる者、斬り合って血塗れになってもがき苦しみ死んでゆく者――。もうたくさんだと思った。だが宗時のほうは先陣を切って矢を放ち、斬り結び、次々に敵兵たちを殺していった。

驚いたのは時政の腰抜けぶりであった。大庭景親《おおばかげちか》の軍勢を時政が正面で防いでいる間に側面から攻撃をするという策だったのに、時政は防ぎ切れずに逃げてしまった。このために総崩れとなり、頼朝軍は椙山《すぎやま》に敗走するしかなかった。義時と宗時は時政が逃げた後も戦ったが、時政を追って逃げる雑兵たちが続出してしまったのだった。

義時は笑った。やはり時政は自分とは血のつながらない俗物だと思った。こんな人間が頼朝の側近とは、恥ずかしさや情けなさを通り越して笑うしかない。

「こんなところで何をしている」

甲冑を鳴らして宗時が近づいて来る。自然と雑兵たちが道をあけた。

「頼朝さまのお側を離れてはならぬ」

「もう終わりですよ。勝ち目はありません」

「いや、まだ望みはある。これより四方に散って味方を募り、しかるべき場で戦うということに相成った」

宗時は義時のすぐそばに座り、顔を寄せて来た。顔を背けたくなるほどの返り血の匂いがたった。

「頼朝さまは間もなく箱根権現に向かって出立される。父上はこれより甲斐国《かいこく》へと向かわれ甲斐源氏《げんじ》の兵を集められる。お前も一緒だ。吾は山を下りて伊豆《いず》に向かう」

「伊豆へ？」

「そうだ。伊東のじい様と会って談判をする。じい様にとって吾は初孫。幼い頃はずいぶん可愛がられたものだ。赦《ゆる》しを請うて話せばきっとわかってくださる」

正気で言っているのかと、義時は宗時の顔を見つめた。窟の焚火の灯りに、宗時の真顔が明滅している。祐親は我が娘の子の命までも己の手で奪った非情な男だった。それだけ平家に忠誠を誓っているとも言える。そう容易く談判に応じるなど考えられなかった。

いつしか雨はやみ、虫の音が微かに聞こえてくる。奇妙な沈黙の時が流れた。宗時はそのまま立ち去るでもなく、虚ろな目を暗闇に泳がせている。

「兄上、どうしました？」

我に返ったように宗時は義時を見た。

「いや、何でもない。父上のこと、頼んだぞ」

宗時は笑顔で義時の肩を叩くと立ち上がり、六助や幾人かの家臣に声をかけ、引き連れて行く。その背中が闇に溶けて見えなくなった。


「義時さま。六助にございます」

廊下で声がした。それは甲斐源氏、武田《たけだ》信義《のぶよし》の屋敷に匿《かくま》われて五日目のことであった。義時はその夜、床についてもなぜだか眠れず、そろそろ夜が明けるというのに半身を起こしてぼんやりとしていた。

「入れ」

泥まみれの六助が入って来ると、力尽きたように平伏した。

「兄上が討たれたか」義時は静かに言った。

六助は一瞬驚きの顔を上げたが、

「は。一昨日の夕刻、伊東の手の者に胸を射抜かれ……」と言って涙を湛《たた》えた。

「首を獲られたのだな」

「はい……首どころか身ぐるみ剝がされ川岸に捨て置かれました……あれでは時を待たずに、鴉《からす》の餌となりましょう」

「さすがは伊東のじい様だ。娘の子を殺めただけのことはある」

六助は目を剝いて義時を見た。

「父上には伝えたのか」

「いえ……若お館さまは、まずは義時さまに伝えるようにと言い遺されました」

「では伝えておいてくれ。もう下がっていいぞ」

だが六助は平伏したまま動かない。

「どうした」

「若お館さまは伊東の手勢を前に、『我こそは北条時政である』と名乗られました……なぜそのような偽りを申されたのか、悔やまれてなりませぬ」

義時は胸を衝かれた。六助は一礼し、涙を拭って出て行った。なぜ宗時は時政と名乗ったのか。いくら考えても明快な答えに辿り着くことはできなかった。

ただ今にして思えば兄上は優しい男だった。力を得るために戦で人を殺し続け、身内同士であっても欺いて殺し合う穢《けが》れた世の中に、これ以上棲みたくはなかったのかもしれない。いや、賢い兄上のことだ。自分が死ねばその上、愚鈍な弟の道が拓けるとまで考えていたとしてもおかしくはない。

義時は静かに身を横たえた。この先、北条家を継ぐ者として自身に訪れるであろう地獄を思い、笑みを漏らす。彼は目を閉じる。川の岸辺で、月光を浴びて転がる首のない宗時の裸身に、鴉たちが群がり肉を食らう――啄《ついば》む度に真っ赤な鬼火が浮かんでは夜空へと昇ってゆく――そんな光景が脳裏にちらつく。

やがて小窓から朝陽が射し込み、義時の顔を死人のように青白く映じた。

兄の涙と弟の泪《なみだ》

矢野 隆

八幡神社／対面石

源頼朝が平家追討の折、当神社境内にて奥州よりかけつけた義経と涙ながらに対面し、平家打倒を誓い合ったとされる。御殿西側には、頼朝・義経兄弟が対面した際に腰掛けた石（対面石）が、記念に植えたと伝えられる「ねじり柿」2本と共に置かれている。

地図❼
◆静岡県駿東郡清水町八幡39
◆JR三島駅、JR沼津駅より共にバスで「国立病院入口」下車

柔和《にゅうわ》な笑みを浮かべるほっそりとした顔を眺めながら、源《みなもとの》九郎義経《くろうよしつね》は、この人が己の兄かとしみじみと思っていた。

源頼朝《よりとも》。それが兄の名である。

みずからが敷いていた鹿の皮を義経に差し出し、兄は上座に設えられた畳に座り直し、本当に嬉しそうに笑っている。

義経の左右には、関東の荒武者たちが並んでいた。兄を旗頭と仰ぎ、集まった者たちである。どの顔も穏やかで、義経にむけられる視線には優しさが満ち満ちていた。いずれも初対面でありながら、義経への好意を隠そうとしない。坂東武者《ばんどうむしゃ》の頼もしい温もりに包まれていると、彼等が数日前まで戦場にいたことを忘れてしまいそうになる。

「良く来てくれたな九郎」

畳から身を乗り出し、はじめて顔を合わせた弟に手を差し伸べようとする頼朝を、荒武者たちが見守る。御家人のなかには、鼻を啜《すす》って涙ぐんでいる者まで いた。生き別れた兄弟の対面に、余所人でありながら感極まっている。そういう熱い心も、東北の地で客人として丁重でありながら常に他人行儀な扱いを受けてきた義経にとっては限りなく嬉しい。

鹿の皮に手を当てて上座に向かって伏し、義経は高鳴る胸に宿る想いを言葉にする。

「兄上が挙兵に及ばれたと聞き及び、いてもたってもおられず、奥州《おうしゅう》平泉《ひらいずみ》の地を飛び出し参上仕りました」

「そうかそうか。儂を助けに来てくれたか」

「何分、急な出立でありました故、手勢と呼べるだけの者を連れてくることができず、不徳の致すところにござりまする」

率いてきたのは近習数名のみ。十に満たない。

「いやいや、儂を助けたいというその気持ちだけで良いのだ。御主が来てくれただけで、儂は嬉しい。血を分けた兄弟ではないか。これ以上に心強き味方はない」

言って兄がさらに大きく身を乗り出した。畳の縁《へり》に膝が触れている。弓形にゆがんだ兄の瞳が揺れているのは、濡れているからだ。兄の真心が義経の胸を揺さぶる。鼻の奥につんとした刺激を感じつつ、鳩尾《みぞおち》のあたりに力を込めて必死に涙をこらえた。

泣きに来たのではないのだと心中で叫び、義経は己を律する。

兄の加勢をするため、兄とともに亡き父の仇を討つため、義経は奥州の覇者、藤原秀衡《ふじわらのひでひら》の反対を押し切って駿河国《するがのくに》黄瀬《きせ》川《がわ》に構えられた兄の陣所を訪ねたのである。

治承《じしょう》四年八月。頼朝は平家と反目する後《ご》白河《しらかわ》上皇の皇子、以仁王《もちひとおう》が出した平家追討の令旨《りょうじ》の下《もと》、伊豆国で挙兵に及んだ。舅の北条時政《ほうじょうときまさ》をはじめとした関東の豪族たちの支援を受けながら、兄は着実に勢力を拡大させていった。石橋山《いしばしやま》にて大敗し、一度は安《あ》房《わ》国に逃れたが、上総《かずさ》広常《ひろつね》や千葉《ちば》常胤《つねたね》らを味方に引き入れ勢力を盛り返す。

頼朝を見過ごすことができなくなった平家は、平維盛《たいらのこれもり》を大将とした大軍を関東に派遣した。鎌倉を本拠としていた頼朝はこれを迎え撃つために出陣。両軍は富士川を挟んで対峙した。

真夜中、源家の将、武田信義《たけだのぶよし》が小勢にて背後から奇襲を行おうとしたところ、水辺で休んでいた水鳥が一斉に飛び立った。これを大軍の敵襲と勘違いした平家勢は大混乱に陥り、一度も刃を交えることなく都へと退却したのであった。

義経が赴《おもむ》いたのは、この戦の帰路、黄瀬川にあった頼朝の陣所である。兄とは一度も会ったことがない。

義経が生まれた時には、兄はすでに罪人であった。義経の父である源義朝《よしとも》は、乱を企《たくら》み平清盛《きよもり》と対立した末に敗れた。手勢を失った義朝は、ともに戦った息子たちとともに東国へ逃亡を図る最中、長田忠致《おさだただむね》の裏切りに遭い殺された。風呂場で裸になったところを囲まれて嬲《なぶ》り殺されたという。

この逃避行に頼朝も従っていたのだが、途中で父たちとはぐれ、一人捕えられて清盛の元に運ばれた。都での裁きの席上、清盛の継母、池禅尼《いけのぜんに》の嘆願により死を免《まぬか》れた頼朝は、伊豆に流されたのだった。

この時、義経は乳飲み子であった。

義朝に見捨てられた母は、義経と二人の同母兄とともに清盛の前に引き据えられたという。この時、母の美貌に驚いた清盛は、己の妾になるならば、三人の子は寺に入れることを条件に、助けてやろうと言った。母はこれを呑み、義経は死を免れたのである。

約束通り鞍馬山《くらまやま》に送られた義経であったが、頭を丸める前に逃走、奥州の商人、金売り吉次《きちじ》の差配の元、奥州藤原氏の長、秀衡の元に預けられていたのである。

だから、兄は義経を知らない。

義経もまた兄を知らない。

なのに。

頼朝は泣いている。義経が弟だと信じて疑っていないようだった。

「御主がおることは、かねてより知っておったのだ」

兄が手を伸ばせば、義経の額に触れることが出来るほどに、両者の間合いは縮まっている。

「寺を出て奥州にむかったということも人伝に聞いておったのだ。故に……」

言葉を切った兄が大きく鼻を啜った。

「儂が万一立った時、力となってくれる者は、御主しかおらぬと思うておったのだ。伊豆のあばら家にて罪人として暗き日々を送っておった頃から、ずっと……」

またも大きく鼻を啜る。顔をわずかに上げた所為で、細めていた瞼から涙が溢れてひと筋こぼれ落ちた。頼朝は、濡れた頬を拭きもせず、弟を一心に見つめながら熱き言葉を紡ぎ続ける。

「儂は御主を待ち望んでおったのだ。奥州平泉の藤原秀衡はひと声かければ十数万の軍勢が集まるという。その秀衡が見込んだ御主じゃ。儂が立てば必ず来てくれる。儂とともに父の仇を討ってくれる。儂は……。儂はずっと信じておった」

「兄上」

もう堪えきれなかった。

左右に侍る坂東武者たちのことなど気にも止めず、義経は想いの丈のすべてを両の目からほとばしらせる。鞍馬山を出る時、一人で前髪を落として元服を済ませてからというもの、一度として人前で泣いたことはなかった。清盛の命に背き、僧となる道を拒み、奥州へと逃れる。それは平家に背くということ。幼い義経は、その小さな胸に決意の楔《くさび》を打ったのである。平家を討つまでは、人に弱みを見せぬと。

なのに泣いてしまった。

必死に堪えたのだ。

泣くまい泣くまいと、兄の涙と震える声を前にして、揺らぐ心を力ずくで抑え込んでいたのだ。

無理だった。

これが兄弟の縁のなせる業なのか。初めて会った見知らぬ男が泣いているだけなのに、どうしてこうも心が揺さぶられるのか。戸惑いが胸中を駆け巡る。のたうちまわる熱い血潮を止める術を、義経は持っていなかった。

「九郎よ」

ついに兄が畳から躍り出て義経の前に片膝立ちになった。胡坐《あぐら》をかいた弟の右手を両手でつかみ、強く握りしめてくる。すぐに指先が冷たくなってきた。それほど強烈に、頼朝は弟の手をつかんでいる。一方で心地よい暖かさが、兄の手からみずからの掌へと染み込んでゆく。血の温もりである。兄と弟の血が、繋がれた手を介して混じり合ってゆくようであった。

「儂はここに集う関東の御家人によって支えられておる。こうして戦に勝てるのも、舅殿をはじめとした皆の力添えあってのことだ」

「解っておりまする」

弟である己からも礼を言いたい。そんな想いとともに、義経は左右の男たちに目をやった。誰もが涙ぐんで微笑んでくれている。義経が小さく辞儀をすると、それを見た者たちが深く頭を下げてくれた。頼朝の弟と認めてくれている。

己も兄を旗頭とした坂東武者の一員になれたような気がした。胸の熱が激しさを増し、涙がとめどなく溢れてくる。

義経はいつも一人だった。寺の小僧であった時も、平泉で源家の御曹司と呼ばれ手厚く遇されていた時でさえも、義経には家族と呼べる者はいなかった。

弁慶《べんけい》をはじめとした近習たちはいるが、彼等とは主従の絆で結ばれた間柄であり、家族とは呼べない。

頼朝、そしてここに集う関東の御家人たち。兄を中心とし、同じ者を敵とする彼等こそが、はじめてできた家族なのかも知れないと義経は思い始めている。

「皆の力添えはなによりも有難い。しかし……」

頼朝の手の力がいっそう強まった。兄の手のなかで指の骨が小さな悲鳴を上げる。心地よい痛みに酔うように、義経は涙を流し続けた。

「血を分けた弟は御主しかおらぬ。御主がいることで、儂は源家の棟梁としての己でいられる気がする。御主が後ろに控えていてくれる。それがなによりも心強い。頼む九郎。どのようなことがあろうと、儂の力になってくれ」

血が止まり、白く色の失せた弟の手を拝むようにして、頼朝が深々と頭を下げた。

「頭をお上げくだされ兄上っ」

甲冑の隙間に左手を差し入れ、兄の肩をつかんで、義経は鹿の皮に額を付ける。

「この九郎義経っ！　どのようなことがあろうと、兄上の御為に働く所存にござりまする。この体、この命、兄上に捧げ申すっ！　如何様なりとお使いくだされっ！」

義経は兄にひれ伏し泣き続けた。

＊

なんというみすぼらしい姿か……。

はじめて九郎義経を見た時、頼朝はそう思い、心中で落胆の溜息を吐いた。

戦勝の陣中、若者が一人、誰かに声をかけたそうにして立っていたという。なにをしているのかと兵が問うたところ、己に会いたいと言ったらしい。鎧を着けているがどの家中の者でもない。御家人の土肥実平《どひさねひら》たちが素性を問うと、己の弟であるとおどおどしながら答えたそうである。

源家の嫡男である頼朝の弟を名乗るなど烏滸《おこ》がましいにも程があると、実平たちは当初思ったらしい。解らぬこともないと、九郎を目の前にして頼朝も思う。蝦夷《えぞ》の長から餞別として貰ったのであろうか。たしかに緋糸威《ひいとおどし》の甲冑は一軍の将が着けても恥ずかしくない立派なものだ。が、卑屈な顔付きと、左右に並ぶ御家人たちの威風に縮こまった頼りない姿では、騙《かた》りと思われても不思議はない。

実平たちは当初、門前払いにしようとしたという。頼朝の耳に入れなければ、そのうち自然といなくなるだろうと思い、陣所の外で待たせたまま放っておいたという。しかし、御家人連中の行き違いから、頼朝の耳に入ってしまった。

腹違いの年の離れた兄弟がいることはかねてから聞いているし、その弟は奥州で藤原家の惣領に匿われているということも知っていた。奥州藤原氏といえば、都の朝廷の支配を遠ざけ、自領で採掘される金によって公家たちを骨抜きにしているという噂もある。藤原家がその気になれば、十数万の兵が集まるとも聞く。

その弟の名が九郎義経といい、訪れた者もそう名乗ったのだと聞いた。

九郎が奥州の兵を引き連れ、加勢に来たのだ。奥州の力を得れば、平家など取るに足りぬ。奥州藤原氏を味方につけ、関東以北の武力を糾合することで、己は偉大なる先祖、八幡太郎義家《はちまんたろうよしいえ》と並ぶ武名を得ることになるだろう。

頼朝は期待に小躍りしながら九郎との対面の場にむかった。

それがどうだ。

みすぼらしい九郎は、藤原家の惣領と口論となり、わずかな郎従のみを引き連れ奥州を飛び出したというではないか。十人にも満たぬ男どもとともに、兄を頼って陣所を訪ねたと申し訳なさそうに言う姿が、あまりにも貧乏くさくて失笑を禁じ得なかった。口角が吊り上がりそうになるのを必死に堪えながら、頼朝はとにかく喜ぶことに決めた。

たしかに目の前の小汚い男はみずからの弟である。それは間違いない。理屈ではなかった。似ているのである。

父に。

どちらかというと頼朝も眼前の九郎も細面で、頑強に左右に張り出した顎を持つ父とは似ていない。真っ直ぐに伸びる鼻筋や薄造りな口も、父のそれとは程遠い。しかし、それでも疑いなく弟であると確信できたのは、目が父に瓜二つだったからだ。

頼朝を下座から見る九郎の瞳に満ちる輝きが、覇気みなぎる父のそれを彷彿とさせる。貧相なほどに萎縮した面の皮の上で繊細な鼻と口を小刻みに震わせているくせに、兄を見つめる瞳にだけは身の毛がよだつほどの気迫が満々とみなぎっていた。

「さぁ、これを敷け九郎」

緊張で身を固くする弟に対面してすぐに、頼朝は己が敷いていた鹿の皮をみずから弟が座する場に敷いてやった。

この男はまさしく己の弟である。

疑いの眼差しをむける御家人たちの機先を制する無言の宣誓であった。にこやかに弟の到来を歓迎する兄を、頼朝は演じる。だが、心中は驚くほど冷めていた。奥州の兵を持たぬ弟になんの意味があるというのか。

「血を分けた弟は御主しかおらぬ。御主がいることで、儂は源家の棟梁としての己でいられる気がする。御主が後ろに控えていてくれる。それがなによりも心強い。頼む九郎。どのようなことがあろうと、儂の力になってくれ」

弟の手を握りしめ仰ぐようにして言いながらも、心は小動《こゆる》ぎもしない。目に涙を溜めてはいるが、これもただの演技だ。二十年以上も罪人として生きていると、この程度の小細工は心を動かさずとも出来るようになる。我が身を守るためならば、平家に連なる者の娘だって妻にもらう。足掛かりとなる兵を得るためならば、気の強い妻の言いなりにもなる。笑うも泣くも己が心の動きとは無縁。みずからの利になるように、頼朝の面は動き、涙を流し、皮を紅く染める。

「この九郎義経っ！　どのようなことがあろうと、兄上の御為に働く所存にござりまする。この体、この命、兄上に捧げ申すっ！　如何様なりとお使いくだされっ！」

喚きながら弟が頼朝よりも深くひれ伏した。激しく肩を震わせ泣いている。兄の懇願に胸を打たれ、心の底から涙を流していた。

こうも打算なく己の感情を曝《さら》け出せる弟が、羨ましい。奥州ではよほど厚遇されていたのだろう。それはそうだ。九郎は源家の惣領、源義朝の子なのである。源家は帝に連なる血筋だ。藤原家にとっては、喉から手が出るほど欲しい血統なはず。弟は北の果てで思うままに生きてきたのだ。我儘《わがまま》し放題。だから、秀衡と口論の末、単身兄を訪ねるなどという世間知らずな行いができる。

己ならば無理だ。

みずからの手勢も引き連れず、平家の軍勢を退けた兄を手ぶらで訪ねるなどという厚顔無恥な行いなど逆立ちしてもできない。兄上の御為に働くなどと九郎は言うが、身ひとつでなにが出来るというのか。働くための兵は、だれが用意するのか。のこのこ姿を現せば、関東の御家人たちに担がれた兄が、兵も所領も与えてくれると思っていたのか。

虫が良すぎる。

短絡的でみずからの情動を隠しもせぬ弟に虫唾《むしず》が走る。

震える白い手を放し、緋色の逆板《さかいた》に触れた。

「顔を上げよ九郎」

ささやく頼朝は声を震わせている。頰を伝う涙の温さが本当は煩わしい。それでも、弟の到来を喜ぶ兄という姿は決して崩さない。

九郎のためなどでは当然なかった。

周囲で見ている御家人たちのためである。取る物も取りあえず、兄を助けたいという一心で奥州を飛び出してきた健気な弟を、親愛の情でむかえる兄の姿を皆に見せつける。己はこれほど篤実なのだと、行動で示すのだ。現に、生き別れとなっていた兄弟の涙ながらの対面に、板東の荒武者たちのなかからすすり泣く声が聞こえてきている。武張った者は気性が真っ直ぐなだけに、こういう熱い涙に弱い。

武衛殿はなんと情け深き御仁であるか……。

そう思わせれば勝ちである。

棄《す》てられぬこと。それだけがいまの頼朝の信条である。源家の惣領という以外に、頼朝には価値がない。

関東の御家人たちに見捨てられてしまえば、ふたたび罪人の頃に逆戻りだ。あんな生活にだけは決して戻りたくない。担ぐに足る御輿であると思わせなければならないのだ。そのためには、小汚い弟だって利用する。

「八幡太郎義家様が沼柵《ぬまのさく》にて敗れ、厨川《くりやがわ》に逃れられた折のこと。都にいたはず

る。

の弟君、新羅三郎義光《しんらさぶろうよしみつ》様が手勢とともに駈けつけたという」

御主は兵も持たずに来たがなと、心で毒づきながら頼朝は鼻を啜って続ける。

「その後、御兄弟は見事、蝦夷を討たれた。義光公を迎えた義家公の御悦びがいかほどであったか。いまの儂にはよく解る。儂はいま新羅三郎義光公を得た義家公と同じ心地ぞ」

弟の肩を揺すりながら兄は涙を流す。周囲からも男たちのむさくるしい泣き声が聞こえてくる。

一番みっともないのは、目の前の弟だ。

無遠慮なまでに顔を涙で濡らしながらぐずぐずと泣いている。

「兄上ぇ……」

止めろ、みっともない。

己も源家の血を継ぐ武士なのであろう。ならば、そこまで顔を崩して泣くな。

いちいち腹の立つ男である。

さて。

九郎の肩に手を添え、微笑のまま涙を流し続けながら、頼朝は頭のなかでは冷たい想いを巡らしている。

この男をどう使うか。

「某《それがし》は兄上の盾になりまする。矢となりまする。盾となれと申されれば、この身をかけて兄上をあらゆる刃から御守りいたしまする。矢となれと申されれば、何処ぞにでも放ってくださりませ」

「そこまで儂を想うてくれるか」

「身ひとつしか無き某は、その程度のことでしか兄上の御為になることができませぬ」

盾か矢かなど、どちらでも良い。

駒だ。

己に都合の良い駒として使う。九郎自身が言うように、盾として使うも良し、矢として放るも良しだ。

「頼んだぞ九郎」

「はい」

嬉しそうに弟が笑う。頼朝は心底から、九郎のことを阿呆だと思った。

この時から九年後、源九郎義経は兄の圧力に屈した藤原泰衡《やすひら》の手にかかり、奥州にて非業の死を遂げる。悲劇はすでに、この黄瀬川での初対面の時から始まっていたのかもしれない。

鎌倉霊泉譚

鳴神響一

銭洗弁財天宇賀福神社

源頼朝の夢へ出現した老人の話に由来する。お告げ通りに泉を見つけた頼朝が「宇賀福神」を祀ると、苦しかった民の生活が富み栄えるようになったという。現在では、湧き水をお札《さつ》などにかけると「金運が上がる」と言い伝えられ、お金を洗い清める神社として有名。

8 地図
◆神奈川県鎌倉市佐助2-25-16
◆ＪＲ鎌倉駅から徒歩約20分

元暦《げんりゃく》二年（一一八五）四月二十五日。

澄み切った蒼空を一羽の鳶《とび》が、のどかに鳴きながら悠然と輪を描いて飛んでいる。

公文所《くもんじょ》の別当《べっとう》（長官）の中原広元《なかはらのひろもと》は、主人源頼朝《みなもとのよりとも》からの急な召し出しに応え、大倉新亭《おおくらしんてい》の西の透廊《すいろう》を釣殿《つりどの》へ向けて歩いていた。鎌倉の行政を一手に支えた後の政所《まんどころ》別当、大江《おおえ》広元である。

左手の南池にぽしゃりと水音が響いた。

小さな水しぶきが上がり、水面にまるい輪がひろがった。

なにごとかと、釣殿の左手に目をやった広元はあっけにとられて立ち止まった。

釣殿の端に立った頼朝が、かたわらの三宝《さんぼう》に盛られた水菓子の柑子《こうじ》を次々に池に放《ほう》っている。宙に橙《だいだい》色の弧を描いて柑子の実が飛び、小さな水音は響き続けた。

やがて実が尽きたのか、児戯にも似た柑子投げは終わって庭園は静けさを取り戻した。

遠くて顔つきはわからなかったが、浅紫の狩衣《かりぎぬ》の全身から静かな怒りが放たれていた。

不安な気持ちを抑えて広元は釣殿に渡り、頼朝の背中に声を掛けた。

「お召しにより参上つかまつりました」

「参ったか」

ゆっくりと振り返った頼朝は、平《たい》らかな表情で答えた。

目鼻立ちが整っているだけではなく、両の瞳には澄んだ怜悧《れいり》さと熱い志を宿している。

京で下級官吏を務めていた広元は、兄の縁で、その才を買われて昨年鎌倉に下向した。三十七で初めて会ったとき、一つ歳上のこの主君ならば仕えて間違いないと感じた。

近侍《きんじ》の者たちを下がらせると、頼朝と広元は一間ほどの間合いで対座した。

屋敷内でも、人気《ひとけ》の少ないこの釣殿に召し出すからには、ほかの者に聞かれたくない話があるに相違ない。

「殿が柑子をお嫌いとは存じませなんだ」

冗談めかして、広元は頼朝の不可解な振る舞いについて尋ねた。

鎌倉武士たちは前右兵衛権佐《さきのうひょうえごんのすけ》の頼朝を敬意を込めて佐殿《すけどの》と呼ぶ。だが、わずか十五日で解官された流人《るにん》の頃の呼称を口にすることは広元には憚《はばか》られた。

「因幡《いなば》は見ていたか、別に柑子は嫌いではないわ」

頼朝は静かに笑った。怒っているようには見えなかった。

広元は昨年九月、因幡守《いなばのかみ》に任官されており、この四月には正五位下に昇叙されていた。

頼朝は、一昨年に流刑前の従五位下に復位して昨年は正四位下に上っていた。頼朝はおのれの位階や官途を驚くほど気にしなかった。

主人として仕えて一年余。いまだに頼朝という男には、底の知れないところがある。

ここ最近でいちばん驚いたのは、つい半月ほど前の四月十一日だった。

その日、広元は頼朝とともに、後に大御堂《おおみどう》ヶ谷《やつ》と呼ばれた地に建造中の勝《しょう》長寿院《ちょうじゅいん》で開かれた立柱式に参列した。

勝長寿院は、父の義朝《よしとも》の菩提《ぼだい》を弔《とむら》うために頼朝が昨年十一月に建て始めた大寺院である。

この寺に祀《まつ》るために、頼朝は後白河院《ごしらかわいん》に依頼して義朝の首を探し出させて鎌倉に運ばせている。また、京から宅磨《たくま》派《は》の絵師、奈良からは慶派《けいは》の仏師を呼び寄せていた。

式の途中でけたたましい爪音を響かせて現れた早馬は、鎌倉にいる御家人《ごけにん》の誰もが待ち望んだ報《しら》せを運んで来た。

頼朝末弟の源義経《よしつね》からの書状は、壇《だん》ノ浦《うら》の戦いの勝報を鎌倉にもたらしたのだ。

三月二十四日、長門国赤間関《ながとのくにあかまがせき》近くの海上で、源氏八百四十余艘、平氏五百余艘の兵船が、それぞれの命運を賭けて戦った。

半日の激闘の末、平氏一門は幼い安徳帝《あんとくてい》とともに海中に消え、その栄華は終焉を迎えた。

五年前の伊豆《いず》での挙兵以来の頼朝をはじめ、鎌倉武士たちの艱難《かんなん》辛苦がついに実ったのだ。

並みの大将であれば、歓喜にむせぶか、叫ぶか、あるいは踊り出すところであろう。

勝報を受けた頼朝の姿は異様であった。

右筆《ゆうひつ》の藤原邦通《ふじわらのくにみち》が読み上げた書状を頼朝はさっと取り上げた。巻いた書状を手に持つと頼朝はゆっくりと乾《いぬい》（北西）へ向き直った。

頼朝が鎌倉に入って間もなく、由比郷《ゆいごう》から小林郷北山《こばやしごうきたやま》に遷宮して豪華な社殿を建てた鶴岡八幡宮《つるがおかはちまんぐう》の方角である。以降、新しい鎌倉の町造りはこの宮を中心に進められていた。

かるく一礼した後の頼朝は床几《しょうぎ》から動かず、いつまでも黙って乾を眺め続けていた。

広元は上座の頼朝を盗み見た。

頼朝は歓喜に震えて声を失《な》くしたのではなかった。その表情は広元の予想とはまったく違うものだった。

眉間にはかすかな縦じわが寄って唇は堅く引き結ばれ、瞳には冷徹な光が宿っていた。

広元には頼朝の心中を計り知ることができなかった。

まわりの御家人たちも不思議そうに、静かなる源家の総大将を眺めていた。

「平三《へいざ》からおもしろからぬ報せが届いた」

頼朝は静かな声でおもむろに口を開いた。

「梶原《かじわら》どのからでございますか」

平三は侍所所司《さむらいどころしょし》（次官）として平氏追討で義経の補佐を務めている梶原景時《かげとき》を指す。

頼朝は黙ってうなずくと、一通の書状を投げてよこした。

広元は息を整えて、書状に目を走らせた。

――士卒そろっての力で平氏を破ったにもかかわらず、九郎《くろう》どのはご自分一人の功のようにお考えで誰に対しても至って傲慢《ごうまん》であります。武士たちは皆、薄氷を踏むがごとくに過ごしております。このままでは君のご威光にも障ると思って、平三めが諫言《かんげん》致しますと怒り激しく、かえって罰を受けそうなほどでございます。戦いが無事に勝利と終わったからには、早く関東へ帰りとうございます――

心中にわかに暗雲が巻き起こったかのごとく、広元は暗澹《あんたん》たる気持ちに陥った。

「九郎の奴めの愚かしさには呆れるほかない」

吐き捨てるように頼朝は言った。

湧き上がる怒りを抑えるために、頼朝は柑子の実に八つ当たりしていたらしい。

「この四月が、我らにとってどのようなときなのか、いまはなにがいちばん大切なのか、因幡ならばよくわかっておるであろう」

「まずは、武士たちを率いて鎌倉を掌《つかさど》ってゆく名目でございますな」

「外に向けてはその通りだ」

渋い顔で頼朝はうなずいた。

すでに頼朝は鎌倉に侍所、問注所《もんちゆうじよ》、公文所の役所を置き、京とは異なる政《まつりごと》を進めている。

一昨年の寿永二年十月宣旨《じゆえいにねんじゆうがつのせんじ》によって、頼朝は院庁《いんのちよう》から東海・東山諸国の年貢、神社仏寺ならびに王臣家領の荘園領について、旧来の荘園領主・国衙《こくが》へ回復させることを命じられている。これに伴い、頼朝の東国支配は公認されることとなった。

だが、頼朝が東国武士団を統率し、西国に兵を進めることが許されているのは、あくまで平氏追討のためのものなのである。

昨年一月に、後白河法皇より下された平氏追討と三種の神器奪還を命じる宣旨がその根拠となっている。平氏が滅びたいま、頼朝が多数の兵力を率いる名目は、公《おおやけ》には薄れたともいえる。

京に鎌倉の兵力維持を認めさせることは、頼朝にとって急務であるといえた。

「では、内に向けてはなにが大切なのか」

頼朝は厳しい顔つきで問いを重ねた。

「なによりも人心の収攬《しゅうらん》でございますな」

「我ら鎌倉武士の誰もが、平氏追討をひたすらに願い、生命を賭け、すべてを捧げて戦って参った。士卒皆の力で勝利を得た。平氏は滅びた。だからこそいまがいちばん危ない」

頼朝は眉間に縦じわを刻んだ。

「平氏を討つという大望を果たせたがゆえに、武士たちはなにを目当てにして生きたらよいのかわからなくなっているのでございますね」

頼朝はうなずいて静かに言葉を続けた。

「かようなときには、人はあらぬ方へ走る。ともすれば崖から落ちる。それを九郎は人に先んじて崖へ向かって走っておるではないか。板東武者《ばんどうむしゃ》が安んじて暮らせる世を作らねば、余の望みは達せられぬ。平氏討伐はその第一歩に過ぎぬ」

釣殿に響く頼朝の声は険しかった。

勝長寿院のおりのことに合点がいった。壇ノ浦の勝報を聞いたとき、頼朝は鎌倉が抱える諸事の難しさに身を引き締めていたのだ。

「これからどれほど多くの難題を片づけてゆかねばならぬか。まずは京には是が非でも鎌倉を認めさせねばならぬ。戦勝に浮かれているような時ではない。余が悩んでいるのは、生け捕った総大将 平 宗盛《たいらのむねもり》らの処遇でもなく、海中に没した草薙 剣《くさなぎのつるぎ》の行方でもない。九郎の傲慢は家人《けにん》の心を腐らせて散り散りにする。血肉を分けた弟ゆえに、かえって始末に負えぬ。いずれ鎌倉にとって障礙《しょうげ》となる日が来る」

チカッと頼朝の目が光った。

「そこまでお考え遊ばされているとは」

広元の背中に冷たい汗が流れ落ちた。

「九郎がことは、しばらく考えよう……まずは、いま鎌倉にある武士たちの心を一つにまとめねばならぬ」

頼朝はやわらかな声に戻った。

自分が呼ばれたのはこのためだったのだ。

「愚策がありますが、お聴き頂けましょうか」

広元は恭敬な口調で申し出た。

「ほう、話してくれ」

頼朝は身を乗り出した。


三日後の二十八日の昼前のこと。広元はふたたび大倉新亭に伺候《しこう》していた。

近侍の者に拝謁を願い出ると、こんな刻限なのに頼朝は寝ているという。

屋敷の東侍で頼朝の起床を待っていると、程なく召し出しがあった。

胸を弾ませて広元は寝殿へと向かった。

御帳台《みちょうだい》の畳で、頼朝は広元を待っていた。

かたわらには苔《こけ》色の直垂《ひたたれ》を身につけた家子《いえのこ》の千葉胤正《ちばたねまさ》が近侍している。

頼朝の寝所を護る武士は、家子と呼ばれる。有力御家人の子弟から江間四郎《えましろう》（北条義時《ほうじょうよしとき》）はじめ十一名が選ばれていた。そのほとんどが平氏追討のために西国にあったが、四十五を数える胤正は鎌倉留守役を務めていた。

一礼して広元がそばに寄ると、頼朝は急き込むように訊いてきた。

「因幡、いまの刻限がわかるか」

「陽《ひ》の高さからして巳《み》の刻でございましょう」

「そうか、今日は巳の日だな」

広元の目をまっすぐに見つめて念を押した。

「はい、四月は巳の月でありますれば、本日は巳の月巳の日と相なり申します」

「ああ、なんとありがたいことだ」

頼朝はうわずった声を出すと、姿勢を正して西の方角を深々と拝礼した。

「因幡も太郎《たろう》もよく聞け」

立ち上がった頼朝は、広元と胤正の二人に声をあらためて呼びかけた。

「承《うけたまわ》りましょう」

「いったい、なにごとでござるか」

胤正はあっけにとられて居住まいを正した。

「余は霊夢を見た。枕元に杖をついた白髪のご老人が現れた。ご老人は『この地より西方半里に満たぬ地に清らかな泉が湧き出る隠れ里がある。その水で神仏を供養すれば、世の中はことごとく泰平に治まる』と、かく仰せあったのだ」

　頼朝の声は輝かしく響いた。

「まことでござるか」

　胤正はひげを震わせて仰け反った。

「して、そのご老人は、いったいどなたさまでございましたか」

「それが、ただのご老人ではないのだ」

　頼朝は声をひそめて、広元と胤正の顔を交互に見てゆっくりと言葉を継いだ。

「余が伊豆の地で逼塞していた頃に夢枕にお立ちになったお方だ。三日続けて夢に現れて『源氏の嫡流として打倒平氏の兵を挙げよ』と仰せあった。紛れもなくそのご老人だ」

　あきらかに頼朝の声は震えていた。

「伊豆での夢のお話はわたくしも聞き及んでおりまする。ご老人は神仏が殿の夢中に影向《ようごう》なさったお姿に違いありませぬ。いったい、いかなる神仏でございましょうか」

広元は身を乗り出して尋ねた。

「おお、名乗られたぞ。『自分は霊泉の隠れ里に住まう宇賀神《うがじん》である』とな」

「なんと……宇賀神でございますか」

宇賀神は豊穣や福徳をもたらすと崇められ、当節、大はやりの神である。

人頭蛇身でとぐろを巻く形で表され、頭部は老人か女性の姿であるとされる。

「さらに美しき女人《にょにん》の姿と変わって、五色《ごしき》の雲とともに天にお消えになった」

頼朝は大きく声を震わせた。

宇賀神は仏教の天部（神）である弁才天《べんざいてん》と習合している。かねてより頼朝は宇賀神弁才天に熱い信仰を持っており、三年ほど前には江島《えのしま》に八臂《はっぴ》の木彫弁才天を祀らせていた。

「弁才天のお姿を示現なさったのですな」

「な、なんと、畏れ多きことでござろうか」

広元も胤正も驚きの声を上げた。

素朴な人柄である胤正の膝頭が震えている。

「太郎、西方半里に満たぬ地に湧き出ずる泉を探せ。霊夢のお告げとあれば、必ずや清らかな泉水を見出せる。余はその地に堂宇を建て宇賀神弁才天をお祀りするであろう」

頼朝はつよい調子で胤正に命じた。

「承知つかまつりましたっ」

胤正ははじかれたように起き上がると、足を踏みならして部屋から出て行った。

あたりは静かになった。

「どうであった。余の芝居は」

おもしろそうに頼朝は訊いた。

「上々でございました。霊夢の話は千葉どのの口から鎌倉じゅうにひろがりましょう」

「伊豆での霊夢の手を、またもや使うとはな」

頼朝は苦笑を浮かべた。

「皆の心根を一つにするという目当ては変わりませぬが、此度《こたび》は九郎どのによって散り散りになりかねぬ武士たちの心をまとめるための方策にございますな」

「あの愚か者のために、要らぬ芝居をせざるを得なかった」

頼朝は苦い顔でうなずいた。

「さらに此度は庶人の心も、平らかにするための色合いもございましょう」

「神仏を崇める領主に民は安堵する。神仏をないがしろにすれば、その罰が自分たちにも降りかかると恐れ慄《おのの》くものが民草だからだ。武士とて庶人とて、この心根に変わりはない」

頼朝はしんみりとした声で答えた。

すでに鶴岡八幡宮を遷宮し、勝長寿院を建造中の頼朝だったが、さらにたくさんの社寺を建て神仏を祀る必要があった。

それゆえ、広元は配下の小者たちを使って、神仏を祀るにふさわしい場所を探していた。鎌倉じゅうをひそかに歩き回らせている。

頼朝が宇賀神から教わったと称する泉水も、すでにこの十七日には見つけてあった。

ただ、必要と思った日まで、広元は泉水のことを頼朝に話してはいなかったのだ。

「勝長寿院の竣工までには、まだずいぶんと時を要しよう。やっと柱が立ったばかりなのだ。余に神仏のご加護あることを、いまここに鎌倉じゅうに示さねばならぬ」

「御家人たちの心を一《いっ》にできますな」

「人を酔わせるためには、まず己れが酔ってみなければならぬ」

頼朝の顔はどこか淋しげであった。

その日の夕刻のこと。大倉新亭から西方およそ十五丁の谷奥に、霊泉が出る隠れ里を見つけたと胤正が上申してきた。胤正は興奮して、どんなに美しい隠れ里かを訴えた。

三日ほどして、広元は再度、霊泉を訪ねた。明日にも頼朝を案内するつもりであった。

自分の命《めい》により鎌倉じゅうを歩き回り、霊泉を見つけた多介《たすけ》という小者だけを供にした。

多介が先に立ち、鶴岡八幡宮西方の道なき道を進んだ。今回も足もとが悪く難儀した。

クスノキやタブノキが密生した林のなかの藪《やぶ》を下ると、いきなり視界が開けた。

林の木々がぽっかりと切れて、家が数軒建つほどの四角い谷がひろがっている。

右手には細い滝が白々と落ちて、滝壺は天然の池となって清冽な青い水をたたえている。

隠れ里といっても人家があるわけではないが、神仙の住まいと呼ぶにふさわしい神気が宿る谷である。

広元は胸を躍らせてシダの生えた白っぽい崖を下りていった。

墨染め衣をまとった僧侶が一人、木陰からひょっこりと姿を現した。

「おお、そちゃ因幡守ではないか」

丸顔に団子鼻の小柄な僧は、鎌倉でも最古の杉本寺《すぎもとでら》に巣くっている同年輩の天台僧、円庸《えんよう》であった。寺を訪ねたときに知り合ったが、好人物なのでその後も何度か会っていた。

「円庸坊、こんなところで何をしている」

「ここは拙僧の修行の場だったのよ。人里離れて、清らかな滝も落ちている。止観を行ずるにこれほどふさわしい場所はない。が、おぬしの主に奪われる。淋しくてならぬわ」

「殿が霊夢で宇賀神弁才天から、この霊泉を祀るようお告げを賜ったのだ」

「霊夢か……おぬしの主はこの地がいたくお気に入りのようだな」

円庸はのどの奥で笑った。

「殿はまだこの地を訪れてはおられぬ」

「なにを申す。この月の十六日であったか。庶人に身をやつした微行《しのび》姿であったが、あれは間違いなく前右兵衛権佐どのに相違ない。そこの男が供だった」

ニヤニヤと笑って、円庸は多介を指さした。

「なんだと。多介、まことか。殿はこの霊泉をすでにご存じだったのか」

広元は厳しい声で多介を問い詰めた。

「大殿に頼まれたら断れねぇ」

多介は目を瞬《しばた》かせながら震え声を出した。

「わたしより先にか」

広元にはとても信じられなかった。

「俺がご主人に珍しい土地を探せと命ぜられていることを、なぜか大殿は知っていなさった。見つけたら先に報せろと仰せつかってたんだ。ここのお話をしたら、連れてけって仰せで、十六日にお連れしました。神を祀るにふさわしいとお喜びでした」

顔を赤くして多介は訥々《とつとつ》と弁解した。

「それで、わたしには十七日に告げたのだな」

「大殿が、自分が先に見に行くからそれまでは黙ってろと仰せだったんです」

「わかった。もうよい」

なんということだ。恥ずかしさに、広元の身のうちがカッと熱くなった。

「どうした、うろたえておるではないか」

「いや、なんでもないわ」

円庸の問いに、広元は不機嫌に答えた。

自分は霊夢のはかりごとを得々として献策したが、殿はすでに同じことを考えていたに違いない。広元が言い出さなければ、頼朝のほうから話を持ち出しただろう。

宙を舞う柑子と「人を酔わせるためには、まず己れが酔ってみなければならぬ」との言葉が蘇った。

広元もまた、頼朝に酔わされていたのだ。

やはり、頼朝は広元にとって底知れぬ主人だ。広元は頼朝という男の真の姿を知りたいと心の底から願った。

涼風が広元の身体を吹き抜けていった。

四月二十七日、後白河院により頼朝の従二位への昇叙が決まった。

五月なかば、凱旋してきた義経を、頼朝は腰越《こしごえ》から鎌倉の地に入れず、ついには追い返した。

霊泉は、五代執権北条時頼《ほうじょうときより》が銭を洗った故事《こじ》にちなんで「銭洗弁財天《ぜにあらいべんざいてん》」と呼ばれるようになり、それ以来長らく人々の信仰を集めている。

願《がん》成《じょう》就《じゅ》院《いん》の決意

近衛龍春

願成就院

創建は鎌倉時代初頭の文治5年（1189）。源氏再興の旗揚げをし、鎌倉幕府を開いた源頼朝の奥州藤原氏征討の戦勝を祈願して、幕府初代執権で北条政子の父、北条時政が建立した。院内には時政の墓がある。また堂内には国宝の運慶作の仏像5体が祀られている。

地図 9

◆静岡県伊豆の国市寺家83-1
◆伊豆箱根鉄道韮山駅、伊豆長岡駅から徒歩15分

　昨日まで降っていた雨は上がり、朝日が当たって周囲の緑が輝いて見える。刻《とき》を追うごとに蒸《む》し暑くなることが窺《うかが》えた。

　文治《ぶんじ》五年（一一八九）六月六日、北条時政《ほうじょうときまさ》は願成就院《がんじょうじゅいん》の立柱《りっちゅう》上棟《じょうとう》後の供養式に出席するため、嫡男の義時《よしとき》とともに、出身地である伊豆《いず》の中央北に位置する韮山《にらやま》に下向していた。

　願成就院を建立《こんりゅう》する広い敷地は守山《もりやま》（標高約百メートル）の東の麓《ふもと》にある。守山は韮山の田園風景が一望でき、西に目を向ければ富士山も遠望できる。春には桜ごしに雪をかぶった日本一の山を堪能することも可能。山の西には清い狩野《かの》川が流れていた。

　韮山は縄文《じょうもん》、弥生《やよい》時代の遺跡が数多《あまた》発見され、古くから集落が存在していた。奈良時代に伊豆氏が、その後、南家の藤原《ふじわら》氏が土着し、国衆が誕生したのち、平安中期頃、北条氏が支配するようになった。北条氏は伊豆田方《たがた》郡の北条という地名を姓とした豪族で、その祖は桓武《かんむ》天皇の血を引く平貞盛《たいらのさだもり》とされる。貞盛は平将門《まさかど》の乱を鎮圧した功で平氏棟梁《とうりよう》の地位を確かなものにしたが、内部分裂によって一族の力は低下し、そのうちの一派が韮山を支配するようになった。その末裔《まつえい》が時政である。

（ようやく、ここまできたか。まだまだじゃが）

柱を立てる光景を見ながら、時政は回想する。時政は保延《ほうえん》四年（一一三八）、伊豆国の在庁官人の北条時方《ときかた》と伴為房《とものためふさ》の娘との間に生まれた。この年、五十二歳になる。

父親から役を受け継ぎ、隣領に所領を持つ伊東祐親《いとうすけちか》の娘を娶《めと》り、宗時《むねとき》、政子《まさこ》、義時をもうけた。先妻《せんさい》他界ののちには、駿河《するが》国大岡牧《おおおかまき》の牧宗親《まきむねちか》の娘・牧ノ方を後妻に迎えている。

地方役人として韮山の地を管理していたところの永暦《えいりやく》元年（一一六〇）三月、平治《へいじ》の乱に敗れた源頼朝《みなもとのよりとも》が狩野川氾濫原の中州の蛭《ひる》ヶ島《しま》に流されてきた。

正直、厄介であるが、清盛《きよもり》から監視を命じられたので、否とは言えない。監視は時政と伊東祐親で行った。最初は大人しくしていた頼朝だったが、祐親が大番役で在京している最中、頼朝は伊東館に移り住み、祐親の娘の八重《やえ》と懇《ねんご》ろとなり、二人の間に千鶴丸《せんつるまる》が誕生した。帰郷した伊東祐親は激怒し、千鶴丸を簀《す》巻《ま》きにして松《まつ》川に沈めて頼朝を斬ろうとした。

頼朝は慌てて狩野川東岸にある北条館に逃げ込んだ。この時、館にいた田舎《いなか》娘の政子は都の貴人に一目惚《ぼ》れし、二人は急速に接近した。願成就院の敷地の中には二人が待ち合わせした梛《なぎ》の樹が年々幹を太くし、葉を広げていた。

（あの時はどうなるかと思うたが）

大番役から帰郷した時政は頼朝と政子の仲を知って驚愕した。

（伊豆で育った政子にとって、都で育った頼朝殿は輝いて見えるのであろう）

同意はできぬが、華やかな京民の服装などを思い出し、時政は腹立たしくも納得した。

（されど、このままでは討伐の兵を差し向けられるやもしれぬ。そうじゃ、政子を別の男に嫁がせば睨《にら》まれることもあるまい。山木《やまき》がよかろう。政子なれば

兼隆《かねたか》を手なずけ、我が北条家を伊豆目代《もくだい》にすることもできるやもしれぬ）

平清盛を恐れた時政は、一石二鳥を考え、政子を平氏一門で伊豆目代の山木兼隆の許に嫁《とつ》がせることにした。時政は政子に監視役をつけて見張らせ、婚儀を進めさせた。

ところが、政子は夜陰に乗じて山木館を抜け出し、熱海《あたみ》の走湯山権現《そうとうざんごんげん》に走り込んでしまった。同地には頼朝がおり、政子を優しく迎え入れた。

「抜かったか」

報せを受けた時政は眉間《みけん》に皺《しわ》を寄せて悔しがる。走湯山権現には多数の僧兵がおり、寺社は武家の力が及ばぬ聖域でもあるので、簡単に手出しはできなかった。

婚約者に逃げられた山木兼隆は激怒するものの、時政同様に権現僧兵の力を恐れ、踏み込むことはできず、歯噛みして悔しがるばかりだった。

時政も事を荒立てず、静観することにした。

頼朝と政子の関係は良好で、二人の間には治承《じしよう》二年（一一七八）、長女が誕生した。

（かくなる上は致し方ない）

追い詰められたような切迫感の中、時政は諦《あきら》めの気持を覚えた。

（儂《わし》には伊東の真似はできぬが、北条家が生き残るため、なにか行《て》を考えねばならぬの）

時政には伊東祐親のように孫の大姫《おおひめ》を亡きものにすることはできず、清盛から睨まれることを覚悟し、頼朝を北条館に迎え入れた。同館は願成就院の少し北西に位置している。

まだ弁明案のようなものは思い浮かばず、時政は頼朝の浮気に目をつぶりながらも、息を殺すように二人を見守った。

転機が訪れたのは治承四年（一一八〇）四月二十七日、頼朝の許に後白河法皇の御子・以仁王《もちひとおう》による平家討伐の令旨《りょうじ》が届けられた。

（あの清盛に勝てようか。蜂起した途端、周囲から袋叩きに遭《あ》って一族を滅ぼしてしまうのではないか。いや、すでに清盛は頼朝殿が当家と結んでいることは知っていよう。さすれば令旨を受け取った時点で敵と見なされていようか。頼朝殿の首と令旨を持参すれば疑いを晴らせようか。いや猜疑《さいぎ》の強い清盛のこ

と。頼朝殿の首を持参していようが、都に出向けば、我が首を差し出すのも同じ。毒食わば皿までと申す。腹を括《くく》らねばならぬの）

時政は平家との敵対を決断した。理由は頼朝が令旨を受け取ったことだけではなかった。

一つ目は平氏方の伊豆目代・山木兼隆との確執。利権を巡る争いが生じたこと。

二つ目は相模《さがみ》最大の武士団である三浦《みうら》一族と手を結ぶことができたこと。

三つ目は、都に伝手《つて》を持つ時政が、以仁王の蜂起による平氏政権の動揺を摑んでいたこと。

「坂東《ばんどう》八ヵ国の中で、頼朝殿の源家の家人《けにん》でない者がございましょうや。上総介広常《かずさのすけひろつね》、千葉介常胤《ちばのすけつねたね》、三浦介義明《みうらのすけよしあき》の三人が合力致せば、日本の国は君の手中にあるも同じです」

時政が進言すると優柔不断な頼朝も、なにかを飲み込むように首を縦に振った。蜂起は頼朝ではなく、時政主導といっても過言ではなかった。

北条一族は情報の収集と根廻しに努め、六月二十四日、安達盛長《あだちもりなが》と中原光家《なかはらみついえ》を使い、源氏累代の御家人に召集をかけたが、集まりは悪い。

参集する兵が少ないので、どうすべきか評議している時、以仁王の令旨を受けて挙兵した源頼政《よりまさ》を討った大庭景親《おおばかげちか》が相模に帰国した。景親がいつ、伊豆に兵を向けてくるか判らない。景親が動く前に伊豆を固めておかねばならなくなった。

評議の結果、挙兵を八月十七日とした。攻撃目標は伊豆目代の山木兼隆である。

山木兼隆の館は北条館から半里ほど北東の山木郷に位置している。山木館は要害の地に築かれているが、密かに藤原邦通《ふじわらのくにみち》を遣わして館や周辺の地形を詳しく絵図に記させた。

「これなれば、少ない兵でも奇襲を企てれば、館を落とすことは容易《たやす》いことです」

絵図を見ながら時政は告げ、作戦を立てた。

決行とした日の前日八月十六日になったが、佐々木定綱《ささきさだつな》兄弟が到着しない。

「よもや、敵方に寝返ったか、あるいは事が発覚したのか」

企てが露見したのではないかと頼朝は危惧する。顔が引き攣《つ》っていた。

「この大雨です。遅れているだけにござる」

時政は小心者の頼朝に発破《はっぱ》をかける。ちょうど雨風が強く、河川が増水して兵の移動が困難であったが、急襲には好都合だと時政は考える。だが、頼朝は煮え切らない。

「挙兵のことは既に数人の者が耳に致しておるゆえ、もはや世間に知れるも同じこと。徒《いたずら》に日にちを遅らせれば、敵に警戒されて仕損じる公算が高まります。ここは寡勢でも勢いに任せ、一気に山木館に仕寄りましょうぞ」

時政は頼朝の尻を叩くと、頼朝は難しい顔をしたまま頷《うなず》いた。

翌十七日の午後になって佐々木兄弟らが洪水のために遅れて到着した。

「今日は三嶋《みしま》社の神事があり、郎党は出払って山木館の備えは手薄に違いありません」

ここぞとばかりに時政が進言した。

「さもありなん。されば、今宵《こよい》、山木館に夜討ちをかけようぞ」

佐々木兄弟らの参着に感激したこともあり、頼朝は、計画を実行することにした。

　頼朝は北条館に本陣を置いた。時政らは闘志満々出陣した。

（この企てが失敗致せば、北条家は滅ぶ。なんとしても成功させねばならぬ）

　嘗《かつ》てない重圧を感じながら、時政は山木館に馬脚を進めさせた。

　軍勢は蕀木《ばらき》を北に行き、肥田原《ひたはら》に到着した。

「兼隆の後見をする堤権守《つつみごんのかみ》（信遠《のぶとお》）が山木館の北に在している。佐々木兄弟は堤を急襲するように誅《ちゅう》しておかねば、後々の災いとなろう。山木と同時に誅しておかねば、後々の災いとなろう」

　時政は家臣の源藤太《とうた》を案内に佐々木兄弟を堤館の北東に廻し、自身は正面から弓を放って威嚇《いかく》した。堤信遠らは正面に気をとられて裏側の守りは甘い。佐々木兄弟は脆弱《ぜいじゃく》な背後を突いて館内に突撃し、堤信遠を討ち取った。

　間髪《かんはつ》を容《い》れずに時政らは山木館に迫り、正面の天満坂《てんまざか》に達した。同館は小高い山の中腹にあり、韮山が見はらせる。時政は坂の上から矢を射て敵を牽制。佐々木兄弟は北から挟み撃ちにするが、土塁や城門が堅固で簡単には破れない。そこで火矢を射かけると、館の一部が炎上。それでもなかなか突入することはできなかった。

焦《じ》れた頼朝は自らの長刀《なぎなた》を渡し、加藤景廉《かとうかげかど》らを加勢として派遣した。

(頼朝殿は儂を信じておらぬのか)

後詰の報せを受けた時政は頼朝に疑念を抱くと同時に危機感を覚えた。

「新手に一番乗りはさせられぬ。死ぬ気で打ち入れ」

尻に火がついた時政は獅子吼《ししく》して自ら城門に向かう。数人で丸太を抱えた家臣が、何度も城門にぶち当たると、そのうちに蝶番《ちょうつがい》が歪《ゆが》み、やがて弾け飛び、城門は中に開かれた。

ここに加藤景廉らも割り込んで敵に向かう。時政の家臣より先に、景廉らが山木兼隆を見つけて剣戟《けんげき》を響かせ、乱戦の末に景廉が兼隆を討ち取った。

(首級は後詰に譲ったが、目的は果たしたので、まあよかろう)

山木館を落とした時政は意気揚々と凱旋《がいせん》し、頼朝に兼隆の首級を差し出して称賛された。

(されど、世の中、思い通りにはいかぬものじゃ)

頼朝の挙兵を知った平氏方の大庭景親が、三千の兵を率いて伊豆に向かうという報せが届けられた。頼朝勢は三百余騎。先日来の風雨で海が荒れ、三浦一族が合流できなかった。

「この館で大庭を迎え討つことはできませぬ。寡勢で勝つには奇襲を企てて大将を討つしかありませぬ。さすれば、多勢の敵は四散しましょう」

「それしかなさそうだ」

二十日、頼朝は時政の進言を受け入れ、北条館を出立《しゅったつ》した。

二十三日、急襲するべく頼朝勢は北条館から五里ほど北東に位置する石橋山《いしばしやま》に陣を敷いた。ところが、背信者がいたのか、敵方に情報が漏れ、大庭勢は石橋山に進んでくる。大庭勢は谷一つ隔てた地に陣を構えた。

夜になって雨が降ると大庭勢が接近した。頼朝勢の先陣は時政である。

時政は高台に立って名乗りを上げると、大庭景親も応えた。

「貴殿（景親）が嘗て後三年の役《えき》で陸奥守《むつ》（源義家《よしいえ》）殿に従った景正《かげまさ》の子孫ならば、なにゆえ源の正統な血を引く頼朝殿に弓を引くのか」

「昔の主でも今は敵。平家の御恩は山よりも高く、海よりも深い」

大庭景親は説得に応じず、頼朝勢に攻撃を仕掛けてきた。

十倍の敵は如何ともし難い。百本の矢を放つと一千本の矢が返ってくる。さらに伊東祐親勢三百騎が背後から迫ってきた。まさに衆寡敵せず。頼朝勢は壊乱となるが、大庭勢の中で源氏に心を寄せる飯田家義《いいだいえよし》の案内で頼朝は土肥《どい》の椙山《すぎやま》に逃げ込んだ。

翌日も大庭勢の追撃は厳しく、頼朝はあわやというところに追い込まれたが、飯田同様、大庭勢の梶原景時《かじわらかげとき》に助けられ、窮地を脱することができた。

「このままでは、いずれ捕らえられます。ここは一旦逃れましょう」

時政は南に移動し、甲斐《かい》の武田《たけだ》氏に使者を向けたのち、安房《あわ》に逃げることを提案。まず先に乗船し、房総《ぼうそう》半島を目指した。頼朝も真鶴《まなづる》から海上に脱出した。

安房に到着した時政は義時とともに猟島《りょうしま》で頼朝を出迎えた。

その後、時政は武田信義《のぶよし》と交渉するために甲斐に足を運んだ。その間、頼朝は関東武士に本領を安堵《あんど》して麾下《きか》に加え、鎌倉に入って、同地を拠点とした。

頼朝の蜂起を知った清盛は、平維盛《これもり》を大将とする四千の兵を差し向けた。

武田信義を説得した時政は、甲斐の武士二万騎を率いて駿河の黄瀬《きせ》川で頼朝と合流した。平氏に不満を持つ周辺の百姓や漁民も合流し、頼朝勢は四万に膨《ふく》れ上がった。

　頼朝の多勢を知った平氏勢からは逃亡兵が続出し、半数にまで減ったので、大規模な戦いが行われぬまま、平維盛は撤退。頼朝は追撃しようとしたが、時政らが止《や》めさせた。代わりに源氏の一族で平氏方に属した常陸《ひたち》の佐竹《さたけ》氏を討ち、板東八ヵ国を勢力下に収めた。

　その後、頼朝は鎌倉の大蔵郷《おおくらのごう》の御所に拠点を置き、関東支配に力を注いだ。時政も同地に拠を移して、頼朝を支えた。

　翌治承五年（一一八一）閏《うるう》二月四日、清盛が六十四歳の生涯を閉じると、平氏は朝廷内における勢いが低下した。

　寿永《じゆえい》二年（一一八三）十二月、頼朝は満を持して異母弟の範頼《のりより》、義経《よしつね》に数万の兵を預けて出陣させた。二人は翌寿永《じゆえい》三年（一一八四）正月下旬に義仲《よしなか》を討ち、二月七日には摂津《せっつ》の一《いち》ノ谷《たに》で、元暦《げんりやく》二年（一一八五）二月十九日には讃岐《さぬき》の屋島《やしま》で、三月二十四日には長門《ながと》と豊前《ぶぜん》の間、壇《だん》ノ浦《うら》で勝利し、平氏を滅亡に追い込んだ。

　宿敵の平氏を滅ぼしたことは喜ばしいが、今度は義経が後白河《ごしらかわ》法皇に取り込まれ、壇ノ浦の戦いの前であるが頼朝の許可なく検非違使《けびいし》の役に任じられた。頼朝は自身を頂点とする武家政権を目指す頼朝にすれば由々《ゆゆ》しきことである。頼朝は義経討伐の兵を差し向けた。

危機感を覚えた義経は後白河法皇から頼朝討伐の院宣《いんぜん》を得るものの、武家の棟梁となった頼朝に逆らう武士などは殆どいない。西国に潜伏ののち、かつて過ごしたことのある奥州に向かった。

頼朝の真の敵は後白河法皇と言っても過言ではない。頼朝討伐の院宣を出したのも法皇である。この都という伏魔殿《ふくまでん》の主と交渉できる人物が、荒くれ者揃いの関東武士の中には見つからない。そこで頼朝は政子を通じて時政を説得し、入京を命じた。

(まあ正しい選択であろう)

今後、頼朝政権の中で重要な地位に就いて発言権を持つためにも時政は快く応じた。

時政の後妻の牧ノ方は頼朝の命の恩人でもある池禅尼《いけのぜんに》(清盛の継母《ままはは》)の姪にあたる。さらに牧ノ方の父の牧宗親が預かる大岡牧は八条院《はちじょういん》(後白河法皇の異母妹）の所有であった。以前、大番役勤仕《きんじ》で上洛した経験もあるので都には知人が多かった。

文治《ぶんじ》元年（一一八五）十一月二十五日、時政は頼朝の代官として多勢を率い、意気揚々と入京した。時政は守護、地頭の設置を認めさせ、義経追討のため、諸国からの反別《たんべつ》五升の兵糧米の徴収を認めさせた。また、京都の守護として犯罪者を検非違使に渡さず、独自に処刑もさせ、都の治安維持に努め、頼朝政権が都の仕置きをしていることを全国にも知らしめた。同時に平氏の残党狩りも行い、辣腕《らつわん》を見せつけた。

頼朝と義経の戦いを期待した後白河法皇であるが、義経は戦わずして逃亡した。そこで目をつけたのが、都で治安の維持に努め、評判がいい時政である。

文治二年（一一八六）の初旬、後白河法皇は時政に対して七ヵ国の地頭職を与えた。

地頭職を拝受したが、朝廷側に立つつもりはない。時政は頼朝政権の代表として職務を遂行していたが、許可を得ずに地頭職を得たことは頼朝を怒らせ、帰国命令が出された。

（頼朝殿も儂を義経と同じように考えておるのか。いずれ儂にも刃《やいば》を向けてくるやもしれぬな。身を守る算段をしておかねばの）

三月一日、時政は地頭職を辞すことを申し出た。都の治安維持には一族の北条時定《ときさだ》をはじめとする三十五人の武士を選んで任せ、朝廷との交渉は頼朝の妹婿の一条能保《いちじようよしやす》に引き継ぎ、惜しまれつつ下旬には帰国の途に就いた。時政は鎌倉で頼朝の補佐を続けた。

一方、懸案だった義経の動向は諸国から逐一、鎌倉に届けられた。

「各地の関の役人が義経を見逃したのは、まさか頼朝殿の命令だとは、思いますまい」

一緒に立柱上棟の作業を見る義時が言う。

「平家を滅ぼした頼朝殿にとって、次なる敵は奥州藤原家。義経は目障《めざわ》りじゃが、いつにても討てる存在。それゆえ義経を奥州に追いやったのじゃ」

「匿《かくま》った罪を問うためですな。されど、すでに義経は藤原家に討たれておりますぞ」

頼朝から義経を匿った罪を問われ、臆した藤原泰衡《やすひら》は父秀衡《ひでひら》の遺言に叛き、衣河《ころもがわ》の館を攻めて閏四月晦日《みそか》、義経を自刃させたという報せが齎《もたら》されている。

「義経の首は首。匿った罪は消えぬ。それが頼朝殿の政《まつりごと》じゃ」

「一度、疑われたら、罪は消えませぬか」

「左様。儂は疑われておる。奥州討伐ののちは、我が北条一族に鉾先《ほこさき》が向くやもしれぬ」

時政の目が険しくなった。

「当家なくして頼朝殿の挙兵は叶わなかったというに。比企《ひき》が厄介ですな」

頼朝の乳母《めのと》は比企掃部允《かもんのじょう》の妻で、比企一族は流人時代の頼朝に経済的な支援をしていた。その恩を忘れず、頼朝はその養子の能員《よしかず》を嫡男の頼家《よりいえ》の乳母夫《めのとぶ》にしている。比企家は北条家にとって脅威。このままでは北条一族は追い落とされてしまうかもしれない。

頷く時政であるが、頼朝存命中に比企家を政争で破るのは難しいと考える。

（それゆえ、奥州討伐ののち、頼朝殿をなんとかせぬとな。我らに刃を向けさせぬよう隙《すき》を見せず、機会を窺えば、我らにとって、よき方に転がろう。昔か

ら急に命を落とすことはよくある。跡継ぎは政子が産んだゆえ困ることはあるまい）

奥州征伐を祈願するための供養式であるが、時政にとっては北条家が生き残り、武家政権を主導する立場に就くことを決意する式でもあった。

文治五年（一一八九）七月十九日、時政は頼朝に従って鎌倉を出立。頼朝勢は三方から奥州の平泉《ひらいずみ》を目指し、圧倒的な兵力で連戦連勝。九月三日、泰衡は家臣に斬られ、名家の奥州藤原氏は滅んだ。

武家政権を築いた頼朝は建久《けんきゅう》十年（一一九九）一月十三日に急死した。病死説、落馬説などあるが、『吾妻鏡《あづまかがみ》』には、この部分が欠落している。北条一族は、真実を書き残すわけにはいかなかったのだ。

頼朝死亡ののち、時政は比企家を押さえ、初代執権の座に就くものの、娘婿の平賀《ひらが》朝雅《ともまさ》を鎌倉幕府四代将軍に据えようという画策を、実子の政子、義時に阻止されて失脚した。

伊豆に帰郷した時政は北条館で隠棲《いんせい》し、願成就院の南傍に塔婆《とば》を建てて供養する日々を過ごし、建保《けんぽう》三年（一二一五）一月六日、七十八歳の生涯を閉じた。

時政は東国出身の将軍を誕生させ、東国人による武家政権を築こうとした。これに対し、政子らは皇子や公家の子息を将軍に就け、御家人による実質支配の鎌倉幕府を築きあげた。

ある坂東武者《ばんどうむしゃ》の一生

吉森大祐

宝戒寺

鶴岡八幡宮三の鳥居前の道を東に突き当たったところに位置。北条義時以来、歴代の北条得宗家の屋敷地であったが、鎌倉幕府滅亡後、北条高時ら北条一族の霊を弔うため、その跡地に後醍醐天皇の命を受けた足利尊氏が建立した。

地図 10
◆神奈川県鎌倉市小町3-5-22
◆JR鎌倉駅から徒歩13分

承元《じょうげん》二年、秋――。

武蔵《むさし》国大里《おおさと》郡熊谷《くまがい》郷の在所領主にして地頭職を承る熊谷直家《なおいえ》が、領内を流れる荒川沿いで馬を責め、居宅へ戻ると客がいた。

榛谷重朝《はんがやしげとも》。かつて直家とともに先《さき》の将軍家（源頼朝《みなもとのよりとも》）の奥州攻めに参加した戦友である。今は出家して河越《かわごえ》の無量寿《むりょうじゅ》寺（現 川越大師喜多院）にあり、橘樹《きつき》坊と名乗っている。

汗だくになって戻った直家の精悍《せいかん》な顔を見て、

「――元気そうでございますな」

と笑った。

重朝はかつての武者姿も忘れるほどに馴染んだ僧形《そうぎょう》で、髷《まげ》を落として短く剃り上げた頭頂部は陽に焼けている。

直家は旧友の訪問に驚き、

「これはこれは、あらかじめご来訪を存じ上げていれば、準備しておったものを。このようなむさ苦しい姿で御無礼いたします」

と頭をさげた。

「むさ苦しいなどとは――坂東武者《ばんどうむしや》であれば、当然の御姿にございます」

直家このとき四十歳。出家して家を捨てた父のあとを継ぎ、この熊谷郷の在所を守っている働き盛りの武者であった。

いっぽう重朝は、かつて都筑郡《つづき》二俣川《ふたまたがわ》にあった伊勢《いせ》神宮領榛谷御厨《みくりや》の地頭であったが、先の鎌倉における畠山重忠《はたけやましげただ》誅伐の争乱に巻き込まれ、兄の稲毛《いなげ》重成《しげなり》（橘樹郡枡形《ますがた》）とともに追捕され落飾《らくしよく》した。

直家とはお互いに、武蔵の弱小御家人として在所を守るのに汲々としてきた同志である。

「大事《だいじ》のことゆえ、手紙を書くことが憚《はばか》られましてな」

苦労を舐めつくした重朝は、今や何事《なにごと》にも慎重であった。

「ふうむ――。貴殿の言うことなれば大事に違いない。まず聞きましょう」

直家は下人に、最近鎌倉で流行《はや》りだした〈茶〉を用意するよう命じておいて、あらためて身を清め、この旧友と向かい合った。

　重朝は言った。

「御父上のことだ」

「やはり」

　嫌な予感がした。

「御父上は、息災でいらっしゃいますか」

「数年前、ふらりとこの熊谷に戻ってきた。『今まで行方知れずになって申し訳ない。自分も年を取ったゆえ、故郷の熊谷に小さな庵《いおり》を編んで、念仏三昧の暮らしをするつもりじゃ』などと申されてな」

「ふむ」

「しばらくは静かにすごしておったのだが」

「だが？」

「すぐに退屈になったらしく、周囲の邑《むら》の市場《いちば》など人の集まるところに出かけるようになって――」

「騒動をおこされたのか」

「あちこちで喧嘩騒動をなされて……。わしも息子とはいえ、今は熊谷の当主。厳しくお諫《いさ》めさせていただいたのだが、ふいっとまた家を出て姿を消してしまった」

「御父上は出家されて何年になる?」

「――鎌倉で例の騒ぎを起こされて逐電《ちくでん》し、行方不明になったのが建久《けんきゅう》三年だから、十六年になる」

「あれからもう、十六年か」

「いかにも」

「おいくつだ」

「六十八だ」

「もう、お年だな」

「だが、元気だ……。困るほどに、元気だ」

そう言って直家は、本当に困ったような顔をした。

それを見て、重朝である橘樹坊は、お気の毒、というような顔をする。

直家の父、熊谷次郎直実《なおざね》は、かつて、あれこそは坂東武者の鑑《かがみ》であるぞと称えられた歴戦の勇者だった。

戦歴を列挙すれば、保元《ほうげん》の乱、平治《へいじ》の乱、治承《じしよう》の乱、佐竹《さたけ》攻め、寿永《じゆえい》の乱。そして、その殆どで軍功をあげ、いちいち源家の棟梁にお褒めの言葉をいただいてきた。摂津《せっつ》一ノ谷《いちのたに》の合戦において平清盛《たいらのきよもり》の甥、平敦盛《あつもり》の首級《しるし》をあげたのは父の仕事である。

また一方で父は、文字は読めず、学もなく、気ばかりが荒い田舎武士でもある。周囲の空気もまるで読まず、気配りといったものは一切できない。

どんな場所でもバカにされたと思えば、後先考えず怒って暴れまわり、周囲に迷惑をかける。戦となれば、手柄を上げれば文句はねェだろとばかりに、抜け駆け先駆け当たり前で突っ込んでいく。

直家は、十五の年からこの父に連れられて戦場に出て、何度も死にそうな目にあってきた。

一ノ谷では、抜け駆けするぞと深夜に叩き起こされ、朝もやの中、平家五万の大軍に、たったの五人で突っ込まされたのだ。

無茶苦茶である。

(周囲の士《もの》どもは、貴殿の御父上は勇者でござる、武士の鑑でござると無責任なことを言うが、家族の身にもなってみろ)

いつも直家は思うのだ。

(オヤジの無茶で、苦労するのはいつも嫡男のわしなのだ)

このことだった。

十六年前、熊谷家の家督を継ぐことになったのも、突然だった。

熊谷家の在所、熊谷郷の土地はもともと隣接する久下《くげ》直光《なおみつ》の所有で、かねてより境界争いが絶えなかった。これを鎌倉にて、将軍家臨席の評定で治《おさ》めようということになった。

粛々と評定が進み、頼朝公が、

「久下側の言い分は相分かった。次に、直実の言い分を聞こう。さあ申してみよ」

と優しく言った。

すると父は脂汗をたらして沈黙していたが、やがて、感情を爆発させるように、

「やめだ、やめだッ！」

と叫んで立ちあがった。

「拙者などは所詮、口下手の田舎武者なり。こんなかしこまった場所で、ぺらぺらと器用に舌など回せぬわ！」

「なんと」

「こんな評定なぞ、口先の器用な奴らが勝つのが必定。やってられるか！　やってられるかぁぁぁ！」

と叫んで、頼朝公の目の前で自らの髻《もとどり》を断ち切り、そのまま逐電し、行方不明になったのである。

後から聞いたところでは、父はそのまま伊豆走湯山《いずそうとうざん》にあった浄土教壇に飛び込み、名高き法然《ほうねん》上人の居場所を聞くが早いか東海道を突っ走り、京の公家屋敷で説教中だった上人を捕まえて、首根っこを押さえ、

「出家のしかたを教えろ！　腕の一本でも切れば、出家できるのか！」

と叫んで自らの利き腕を切り落とそうとし、周囲に止められて、むりやり法然上人の授戒を受けたというのである。もう、勘弁してほしい。

あのとき、鎌倉殿の寛大な処置がなければ、熊谷家は終わっていた。

頼朝公は、直実の坂東武者《おとこ》らしい心根を憐《あわ》れみ、嫡子の直家を呼び出すと、これから熊谷郷は父にかわって貴様が差配せよ、と安堵してくれた。

当時、直家は二十四歳。

いきなり命じられた驚きは大きかったが、家族と在所を守るためにはやるしかあるまい。あのような父を持ったのが不幸であったとしかいいようがない。

直家は、必死であった。

一所懸命とは、自分の在所を守るために命を懸ける、という意味の言葉だが、それを地で行く直家であった。

奥州攻めには、単騎《ひとり》で参加した。

熊谷家は弱小であり、小山《おやま》、結城《ゆうき》、三浦《みうら》、千葉《ちば》のように郎党がいるわけではない。他の豪族が二百騎、三百騎という郎党を引き連れて参戦するのに対し、直家は常に単騎か、弟や従兄《いとこ》を連れた数騎といった人数であった。

それでも頼朝公が生きているうちはよかった。

合戦での手柄を忘れず、事あるごとに『直家は本朝無双の勇者なり』と、お褒めくださり、便宜をはかっていただけた。

しかし頼朝公が亡くなると鎌倉は混乱し、有力御家人による権力争いが始まった。

直家は、その混乱に巻き込まれないように細心の注意を払わねばならなかった。

実際、目の前にいる重朝は争いに巻き込まれて全てを失い、僧形となったのである。

「ともかく父上はほんの三月《みつき》前まで熊谷にいた。『もうおぬしに迷惑はかけないぞ』などと言うから安心していたのだが、姿が見えなくなり、気を揉んでいたというわけだ」

「ふむ、やはりそうか」

重朝はそれを聞くと頷き、言った。

「御父上は今、京にいるぞ」

「なにッ」

「寺に泊まった旅の商人の話だ。しかも、九条兼実《くじようかねざね》の屋敷にいるという」

「なんということ！」

全身が総毛立ったような気がした。

九条兼実といえばかつての京の公家の重鎮である。関東に勃興した源頼朝と結んで京の政界をひっかきまわしたが、大姫《おおひめ》の入内問題で頼朝と対立して失脚した過去がある。

「この大事な時に、なんと危険な」

鎌倉幕府は、御家人が勝手に公家に接近することを極端に嫌がる。何より今、京には若き後鳥羽《ごとば》上皇がいて、討幕の蠢動が絶えない。

オヤジ、いったい何をやっている！

直家は、泣きそうな気持ちになった。

「九条殿は、法然上人の有力な後援者だったからな」

「父上が法然上人の教えに心酔しているのは知っておったが——。今はあまりに時機が悪い」

「直家殿。幸いなことにこの情報《しらせ》は鎌倉には届いておらぬ。かくなる上は密かに京に急行され、御父上を連れ戻すのがいいと思うが、いかが」

「う、うむ。重朝殿、ご配慮痛み入る。確かに父上を連れ戻せるのはわしかおらぬ。すぐに参ろう」

直家は胃のあたりを押さえて、そう言った。

直家は急ぎ旅支度を整えると、土肥《どひ》から迎えた妻をはじめ女衆、嫡男の直国《なおくに》、近くに住む弟の忠直《ただなお》らを呼び、事の子細を伝えて京に上る旨を告げた。

「なぜ、父上自らが向かうのですか」

息子に問われたが、

「蓮生《れんしょう》様（直実）の心は、長年ともにあるわしでなければわからぬのだ。いざというときは直国、貴様がわしに代わって出仕せよ。わかったな」

と言いふくめ、旅立った。

だが正直なところ、直家には父の気持ちはわからなかった。

父はなぜ、ことここに及んで、家を困らせることばかりをするのか。齢六十八にもなって、なぜ激情に身を任せ、衝動的に生きるのか。さんざんいろいろあったのだから、いい加減に学んで欲しい。

騎乗の直家は、鎌倉を迂回し、蛯名《えびな》で相模川《さがみがわ》を渡河して矢倉沢《やくらざわ》を抜け、足柄《あしがら》を越えた。

そして駿河《するが》国藤枝《ふじえだ》駅まで来た時、地元の民から、父が開基した寺のことを伝え聞いた。

行って見ると、それは素晴らしく立派な寺で、名を蓮生寺といい、石碑に法力坊蓮生建立、とあった。

「父上――」

直家は、力が抜けた。

「なにやってンだ……こんなところで」

貧乏なくせに、故郷を離れたこんなところに立派な寺を建てているなんて。少しは家のことを考えてくれ。

するとその時だ。

寺に使者が到着した。

「京にて、蓮生坊が往生された」

「なにッ」

直家は叫び声をあげた。

父が死んだ？　なぜ？

そしてまた直後に各宿駅に届いたお触れによれば、武蔵国御家人熊谷直家がもし東海道にあらば、急ぎ鎌倉執権北条義時《ほうじようよしとき》邸へ出仕せよ、とのことであった。

（終わった──）

直家は思った。

父のことが鎌倉にばれた。自分の行動も筒抜けだったのだ。熊谷家と九条兼実、ひいては後鳥羽上皇とのつながりを疑われている──もう、おしまいである。

直家はすぐさま京に上る旅を中止し、鎌倉の小町大路にあった北条義時の屋敷『小町亭』（現宝戒寺）へ出仕した。

義時、このとき四十六歳。

自ら幕府を管領する執権の座につき、権勢をふるい始めたところであった。

身を清め、死の覚悟を決めた顔つきで庭の土の上に平伏する直家を見て、義時は言った。

「直家――。お主の父は死んだぞ」

「はっ」

「京の朱雀大路に高札を出し、来る九月十四日に、衆生のために上品往生《じようぼんおうじよう》すると高らかに宣言した。そして、実際にその日に自裁して仏となったのだ」

「…………」

「この経緯《いきさつ》も、実にお主の父らしい。先年、仏となって衆生を救うべしと高らかに宣言したものの失敗し、生前の九条兼実にこのことを責められておったというのだ。お主は口だけではないか、いざとなったら往生できぬとは情けない、とな。それに腹を立て、周囲が止めるのも聞かずに、どおだあ、とばかりに往来の真ん中で腹を切り、往生して果てたらしい――」

「面目次第もございません」

奥歯を嚙みしめ、頭をさげる直家に、しみじみと義時は言った。

「――お互い、親には苦労するの」

「は」

「なぜ、父親の年代の武者《おとこ》どもは、あんなに我儘《わがまま》で、気が強《きつ》いのか……」

思えば、義時はつい先年、実の父親である北条時政を執権の座から引きずりおろし、鎌倉から追放したばかりであった。

それもまた時政が、やっと固まりつつあった幕府の合議体制の秩序を無視し、若い妻の言いなりになって仲間や将軍の誅殺を画策したからである。その若い妻は、妹婿を使って後鳥羽上皇へ接近していたというのだからどうしようもない。

「何を食ったら、あんなに身勝手で乱暴な人間どもが出来上がるものかのう。わしはもう、疲れたわ。そう思わぬか」

義時は、深いため息をつく。

「直家、心配するな。わしは熊谷の忠節を疑っておらぬ。過去の戦場《いくさば》での功績も、お主の父が出家したあとのお主の苦心も、ちゃんとわかっておる。故に熊谷郷の安堵を取り消したりはしない。ただ、争いのある近接地の八幡宮領については諦めろ。地頭請は続けてもらうが、あの土地は八幡宮のものだ」

「は」

「のう、直家。わしの父は伊豆に隠居し、貴様の父は往生した。畠山重忠も死んだ。比企能員《ひきよしかず》も梶原景時《かじわらかげとき》も死んだ。先の将軍家と、それを支えた元老どもの時代は、改めて終わりじゃ。これからは、わしや貴様のような次の世代の者が、新しい秩序を作っていかねばならぬ――。これからも、忠勤を期待するぞ」

「か、畏まってございます」

「そこで、だ。――貴様の忠勤は疑っておらぬが、直実殿が心酔していた法然上人の動きは気になる。父の法要でござる、などと言ってうまく接近し、彼《か》の者の動きを調べ、どのような些細なことでもいいからわしに報告《しら》せよ」

「は」

「京における法然上人の人気はすさまじい。ゆえに九条道家《みちいえ》、後鳥羽上皇など、京の有力者どもが、ぞくぞくと法然の説法会《せっぽうえ》に集まっておると聞く。あの者どもが集まるところに陰謀ありじゃ。その動きが知りたい」

「――わ、わたくしごときに知れることがありましたら、必ず」

「うむ。貴様の父は、法然の弟子としては高名であった。それを利用するのだ」

義時は満足げに頷き、

「直家。われらの父親が過ごした、おおらかな時代は終わったのだ。京の朝廷の力及ばぬこの関東の大地を、馬に乗って自在に走り回り、好き勝手に切り取っては気に食わなければ喧嘩をし、戦ともなれば、ただ暴れ回るほどに御殿《おんとの》が褒めてくださる。そんな男の時代は、終わったのだよ」

と言った。

「わしは、この鎌倉を、京にも負けぬ堅固なる武家の都とする。もう、関東を田舎とは呼ばせぬ。そのために必要なものは、将軍家と執権家を頂点とし、武家を束ねる盤石の骨組み。そして、法、忠節である――わかったか」

「はッ――」

直家は、その言葉を嚙みしめ、頭を下げ続けた。

三日後。

直家は鎌倉での旧知へのあいさつ回りを終え、熊谷郷への帰途に就いた。

八幡宮を右手《めて》に折れ、小町大路の義時邸の脇を抜け、朝比奈口《あさひなのこ》を乗ッ越して、六浦湊《むつらみなと》（現　金沢八景付近）に出る。そこから、海を渡り江戸石浜《いしはま》（現　台東区浅草付近）へ向かう荷舟の航路がある。

直家は、愛馬とともに、それに便乗した。

まっ青《さお》な空に、糸球を投げたような薄い雲がかかっている。

それを見ながら、ああ、父は死んだのだと思った。

我儘と勝手が過ぎて、さんざん迷惑をかけられたものだが、もしかしたら、あれは板東武者としてはかなり幸せな人生だったのかもしれない――。直家はそんなふうに思った。

父は、自分が死ぬ日すら、自分で決めた。

男らしい男が、自分の腕一本で意地を張り、意気揚々と勝手に生きる。

――そんな時代は、終わった。

これからは執権殿を中心に、秩序立った世がこの関東に作られていく。

そのために自分は、間者のような役割を、執権殿に命じられた。

家族と土地を守るために、自分はこれから、父が聞いたら怒り出すような陰気で卑怯な役割もこなさねばならないだろう。そんな武者らしくない仕事をして、権力者に褒めてもらい、家族を守る。それが自分の人生になる。

「――父上は、いい時に死んだよ」

直家は呟いた。

沖合に、房総の海岸線が、緑に萌《も》えるように見える。

なんだか、父とともに抜け駈けをして死にかけた、あの一ノ谷の朝が、とても懐かしく思い出された。

由比《ゆい》ガ浜《はま》の薄明

天野純希

由比ガ浜

現代では関東屈指の海水浴場として人気を博するも、鎌倉時代、武士たちにより何度も合戦が行われていた。また、ここで処刑も行われたという。

地図 11

◆神奈川県鎌倉市由比ガ浜

◆ＪＲ鎌倉駅から若宮大路を徒歩で南へ約15分

一

夜の由比《ゆい》ガ浜《はま》は、血の臭いに満ちていた。

空は厚い雲に覆われ、月も星も見えない。五月とあって真夜中でも寒さは感じないが、今にも雨が降り出しそうな気配だった。

幼い頃から慣れ親しんだ浜辺には、息絶えた味方の骸《むくろ》がそこここに捨て置かれ、血と漏れ出した糞尿、潮の香りが入り混じるひどい臭いを放っている。戦い疲れた数百の将兵は方々で焚かれた篝火《かがりび》の周りに座り込み、誰も骸を片付けようとはしない。

無理もないと、朝比奈三郎義秀《あさひなさぶろうよしひで》は思った。朝になれば、自分たちもあの骸の仲間入りをするのだ。明日の戦に備え、今は少しでも体を休めておきたかった。

「具合はどうだ」

三郎は弟の和田《わだ》義直《よしなお》と義重《よししげ》に声をかけた。二人とも、夕刻の戦で手傷を負っている。

「どうということもありません。明日こそは、三郎兄者のように見事な働きをしてみせます」

義直が笑みを見せ、義重も頷いた。義直は三十七、義重は三十四になるが、戦らしい戦はこれが初めてだ。

「夜が明ければ、北条《ほうじょう》方が押し寄せてくる。今のうちに休んでおけ」

視線を転じ、離れた場所に座り込む老将を見た。

和田左衛門尉義盛《さえもんのじょうよしもり》。三郎らの父であり、この戦を引き起こした張本人である。

腰を上げ、三郎は義盛の前に片膝をついた。

戦が再開される前に、どうしても質《ただ》しておかなければならないことがある。

「父上。一つ、お伺いいたしたき儀が」

自分から父に何か問いかけたことなど、これまで数えるほどしかない。我ながら情けないが、かすかに声が上ずった。

だが、父は三郎に見向きもせず、虚ろな目で篝火の炎を見つめたまま、ぼそぼそと何事か呟いている。

何故、武者どもは我らに味方せぬのだ。わしは、どこで道を誤ったのか。聞こえてくるのは、愚にもつかない繰り言ばかりだった。

亡き右大将頼朝《よりとも》の覇業を支え、平家追討の戦では華々しい武勲を挙げた古強者《ふるつわもの》。侍所別当《さむらいどころべっとう》として坂東《ばんどう》の武者《むしゃ》たちを束ね、長年にわたって鎌倉殿の政《まつりごと》を支えてきた長老。そうした面影は、微塵《みじん》も窺えない。そこにいるのはただの、敗北に打ちひしがれた哀れな老武者だった。

嘆息を漏らし、三郎は暗い海を見つめる。

幼い頃から、由比ガ浜へはよく来ていた。兄弟たちと水練や相撲の稽古をし、嫌な事があれば馬を駆けさせて気持ちを紛らわせた。父の妾だった母が死んだ時も、一人でここへ来て、日が暮れるまで海を眺めていた。

ここに骨を埋《うず》めることになるのも悪くはない。波の音に耳を傾けながら、三郎は思った。

二

平家の滅亡から二十八年。この間、鎌倉では幾度となく起こった乱により、梶原景時《かじわらかげとき》、比企能員《ひきよしかず》、畠山重忠《はたけやましげただ》ら、頼朝の覇業を支えた多くの功臣が滅亡し、二代将軍の頼家《よりいえ》さえも幽閉先の修禅寺《しゆぜんじ》で殺害された。

頼家の死後、鎌倉殿の地位は弟の実朝《さねとも》が継ぎ、政の補佐には執権の北条義時《よしとき》が当たっている。

こうした中、義盛は鎌倉の長老として、御家人を統制する立場にあった。

実朝の信頼は厚く、権勢を増しつつある北条一門とも良好な関係にある。和田一門は、今後も安泰。誰もがそう思っていた。

はじまりは、あまりにも杜撰《ずさん》な謀叛《むほん》の企てだった。

首謀者は信濃《しなの》の御家人、泉親衡《いずみちかひら》。頼朝の死後、日に日に権勢を増していく北条一門を妬み、将軍実朝の甥に当たる千寿丸《せんじゅまる》を擁して北条打倒の兵を挙げようと企てた。だが、事は呆気なく露見し、千寿丸ら三百人に上る一味は一斉に捕縛、親衡自身は鎌倉から逐電する。

不可解な謀叛だった。泉親衡は信濃源氏に連なる血筋とはいえ小身で、さしたる武勇も声望も無い。その親衡が単独で千寿丸を抱き込み、多くの御家人を味方に引き入れたとは考え難かった。

そして問題は、一味の中に和田一門の者がいたことだ。義直、義重兄弟と、義盛の甥、胤長《たねなが》の三人である。

建暦《けんりやく》三年（一二一三）三月八日、上総伊北荘《かずさいほうのしよう》にいた義盛は急遽鎌倉へ戻り、実朝に三人の赦免《しやめん》を求めた。実朝は義盛の長年の功績に免じて義直、義重の罪を赦したものの、胤長は首謀者の一人であるとして、赦免は認めなかった。

これを不服とした義盛は翌日、一族九十八人を引き連れて再び御所へ参じ、胤長の赦免を求める。しかし嘆願は拒絶された上、胤長は義盛らの眼前に引き立てられ、幽閉先へ連行されていった。縄を打たれた姿を衆目に晒すなど、武士に対する最大の侮辱である。その後、胤長は陸奥《むつ》へ流罪となり、胤長の幼い娘は嘆き悲しんで病に倒れ、ほどなくしてこの世を去った。

さらに、罪人の屋敷や土地は一族の者に与えられるという慣例を無視し、鎌倉荏柄天神社《えがらてんじんしゃ》前の胤長邸は、泉親衡一味の捕縛に功があった別の御家人に下賜された。

和田一門に対する厳しい仕打ちの背後に、北条一門の意向があるのは明白だった。

亡き頼朝の妻で、尼御台《あまみだい》として鎌倉の実権を握る、実朝実母の北条政子《まさこ》。その弟で、政所《まんどころ》別当として鎌倉の政《まつりごと》の頂《いただき》に立つ、北条相模守《さがみのかみ》義時。前将軍頼家の舅《しゅうと》、比企能員一門を滅ぼし、幽閉した頼家に刺客を送って殺害し、御家人たちの声望高い畠山重忠を無実の罪に陥れ謀殺した者たちだ。北条の地位を盤石なものとするため、次の狙いを義盛に定めたとしても、何の不思議もない。

　度重なる挑発に、和田一門は沸き立った。これほどの侮辱を受けながら隠忍自重していれば、和田の武名は地に堕ちる。武名こそ、坂東武者の生きる糧だ。何があろうと失うわけにはいかない。

「わしは、北条を討つ」

　四月に入ったある日、義盛は息子たちを集めて宣言した。

「今ならば、北条に不満を抱く御家人は多くいよう。だが時を移せば、彼奴《きやつ》らの勢威は増し、我らに味方する者はいなくなろう。起《た》つのは今しかない」

「しかし父上」

　言ったのは、長兄の常盛《つねもり》だった。義直、義重は泉親衡の企てに加担したことで引け目があるのか、口を開こうとはしない。

「鎌倉殿のお膝下で兵を動かすには、大義が必要。いたずらに兵を動かせば、鎌倉殿への謀叛と受け取られても致し方ありませんぞ」

「そこよ」と、義盛がにやりと笑う。

「まずは少数の精鋭で大倉《おおくら》御所に攻め入り、鎌倉殿の御身《おんみ》を確保いたす。しかる後、鎌倉殿に北条討伐の御教書《みぎょうしょ》を出していただくのじゃ。同族の三浦《みうら》、縁戚の横山《よこやま》は必ず我らに付く。さすれば、北条など物の数ではないわ」

かすかな危惧を、三郎は覚えた。北条義時を、甘く見過ぎてはいないか。頼朝亡き後の熾烈な権力闘争を生き抜き、実父時政《ときまさ》さえも追放した男だ。典型的な坂東武者である義盛の考えることなど、とうに読み切っているのではないか。

だが、その疑念を口に出すことはしない。正妻の子ではない自分に、一門の大事に意見を差し挟むことは許されていなかった。

坂東武者の鑑《かがみ》たれ。物心ついた頃から、父には事あるごとにそう言われてきた。武芸の稽古で音《ね》を上げた時も、喧嘩に負けて帰った時も、父は「それでも男子《おのこ》か」と喚き立て、三郎を容赦なく打擲《ちょうちゃく》した。

「そなたの振舞い一つで、一門の名に傷が付く。我が一門に……いや、この鎌倉に、弱き者の居場所などない。そのこと、片時たりとも忘れるな」

その言葉に駆り立てられるように、三郎は武芸の鍛錬に励んできた。生まれつき体軀に恵まれ、膂力《りょりょく》も強かったため、今では鎌倉でも指折りの勇士としてその名を知られるようになっている。三郎がこの鎌倉で生きる術《すべ》だった。強くあること。それだけが、三郎がこの鎌倉で生きる術だった。

その後、義盛は御所への出仕をやめ、挙兵の準備をはじめた。武蔵《むさし》の横山党は義盛に付き、有力御家人の三浦義村《よしむら》も起請文《きしようもん》を差し出し、決起に加わることを誓った。

四月半ばには、常盛の息子で実朝の近習を務める朝盛《とももり》が挙兵に反対して鎌倉を出奔するが、義盛の放った追手によって連れ戻されるという騒ぎがあった。

この一件はたちまち鎌倉中に知れ渡り、義盛挙兵の噂が公然と囁かれはじめる。四月二十七日、義盛は和田邸を訪れた実朝の使者に対し、「鎌倉殿に弓引くつもりはない。和田一門を守るため、君側の奸《かん》、北条を討つ」と答え、挙兵の意志を明らかにした。

もはや、不意を打つという当初の計画は破綻している。義時は実朝を奪われないよう、御所の守りを固めるはずだ。それでも義盛が強気でいられるのは、横山党と三浦の兵を合わせれば、北条より優位に立てるという確信からだろう。

五月一日、日没後から和田邸に集まりはじめた軍勢は、翌日には百五十余騎にまで膨れ上がった。騎馬武者はそれぞれが従者を引き連れているので、兵力は総勢で三百を超える。さらに、横山党の三千余騎が武蔵横山荘を発し、こちらに合流する予定になっている。これに三浦勢が加われば、鎌倉の制圧は容易い。義盛はそう豪語した。

「これより、専横極まる北条一門を討ち、あるべき鎌倉の姿を取り戻す。坂東武者の戦ぶりを天下に示すは今、この時ぞ。皆の者、しかと働け！」

義盛の檄に、庭にひしめく武者たちが喊声《かんせい》を上げて応える。

あるべき鎌倉の姿か。醒めた気分で、三郎は思った。誰もが己の一族や所領を守るため、戦や謀《はかりごと》に明け暮れる。それが三郎の知る鎌倉であり、坂東武者の姿だ。

申《さる》の刻、和田邸を発した軍は三手に分かれ、主力は大倉御所南門に、別働隊は北条義時邸、大江広元《おおえのひろもと》邸に攻めかかった。

だが案の定、御所は北条方の軍勢が守りを固めていた。義時邸、大江邸はほとんど抵抗もなく落ちたが、主がすでに御所へ入っていたため、落としたところで何の意味も無い。

御所を攻める主力に別働隊が合流し、激しい攻防となった。激戦の末、三郎率いる先鋒は南門を破り、南庭へ突入した。御所の方々で火の手が上がり、暮れはじめた空を黒く染めていく。

だがそこへ、味方を約束していたはずの三浦勢が襲いかかってきた。さらに近在の御家人たちが到着しはじめ、北条方は見る見る人数を増していく。開戦から二刻。味方は疲弊し、矢も尽きている。

「もはやこれまでです。引き上げの下知を！」

意を決して進言した三郎を、義盛は「黙れ」と殴りつけた。

「憎き三浦義村めの首を獲るまで、一歩たりとも退《ひ》かぬ！」

「父上、三郎兄者の言われる通りです。ここはいったん退き、横山党を待つべきかと」

縋りつくように義直が言うと、義盛は歯ぎしりしながらも頷いた。義盛は息子たちの中でも、特に義直を可愛がっている。

複雑な思いで御所を出ると、和田邸の方角に火の手が上がっていた。恐らく、北条方の放った火だろう。

やむなく、義盛は由比ガ浜への移動を命じた。敵も疲れきっているのか、追撃は無い。だが、和田勢も損耗が激しく、騎馬武者は五十騎ほどにまで討ち減らされている。

明日になれば、敵はさらに兵力を増す。横山党が合流したところで、勝ち目は皆無に等しい。

じきに、この命は尽きる。ならば、せいぜい派手に戦って、後の語り草になるような最期を遂げてやるか。

それが父の望む、坂東武者らしい最期なのだろう。

三

翌早朝、横山党三千余騎が加わったことで味方はいったん息を吹き返し、形勢を観望していた御家人の中にも、和田勢に与《くみ》する者が現れはじめた。

だがそれも束の間、北条方に和田一門討伐を命じる御教書が下されたことで、逆賊となることを恐れた味方が次々と敵に寝返っていった。

「かくなる上は、いま一度御所に参じ、鎌倉殿に我らは逆賊にあらずと訴えるべし！」

巳《み》の刻、塞ぎ込んだままの父に代わり、常盛が号令した。

「いざ、最期の一戦、仕《つかまつ》らん！」

常盛の下知で、全軍が動き出す。楯を連ねて由比ガ浜を囲む北条方から、矢が雨のように降り注いだ。鎧に幾本も矢を突き立てながら、三郎は楯を蹴倒し、敵兵を薙ぎ払う。そこへ後続の味方が突っ込み、敵陣の裂け目を押し広げていく。

前衛を突破し、軍兵がひしめく若宮大路を北上した。平素は多くの老若男女が行き交い、猥雑だが賑やかな往来が、今は死臭に満ちた戦場と化している。

戦況はまるで見えないが、陣を一つ破るごとに敵の新手が現れ、周囲の味方は減っていく。

血煙の中を、足掻くように前へ進んだ。何人斬ったのか、どこへ向かっているのかも、もうわからない。目の前に現れた敵を殺す。ただそれだけを考え、太刀を振り回す。

まるで獣だな。戦いながら、三郎は自嘲した。武者たちは血族や縄張りのため、飽くことなく殺し合い、ただひたすらに己の強さを誇示する。そんな獣の檻《おり》のごとき鎌倉で自分は生まれ育ち、それが定めであるかのように、こうして殺し合っている。

「義直様！」

誰かの叫び声が、三郎を戦場に引き戻した。見ると、路上に倒れ込んだ義直を、従者たちが取り巻いている。駆け寄ると、矢が義直の喉を貫いていた。虚空を見つめたまま、義直はぴくりとも動かない。弟の死に顔を見下ろしながら、三郎は命じた。

「引き上げだ。義直を運んでやれ」

再び由比ガ浜へ戻った味方は、すでに五百騎に満たなかった。混乱の中で味方は散り散りとなり、常盛や義重の行方もわからない。敵もかなりの損害を受けたためか、楯を連ねて守りを固め、攻めかかってくる気配は無かった。

義直の亡骸と対面した義盛は、戦の最中にもかかわらず、人目を憚ることなく号泣した。最愛の息子を失ったとはいえ、一軍の将にあるまじき姿である。

「もはや生きる甲斐も無し。全軍、この場で討死にし、義直の後を追うべし」

顔を上げた義盛が言った。先刻までの虚ろな表情は消え、総身から憎しみが迸り出ている。

「その前に一つ、お聞きいたしたい」

「何じゃ、三郎」

「泉親衡に、北条打倒を企てるほどの気概も実力もありません。親衡の背後には、父上がおられたのでは？」

かねてからの疑念をぶつけると、義盛はすっと目を細めた。

「父上は泉親衡と結び、北条に近い実朝様を廃して鎌倉の実権を握ろうとした。しかしそれが失敗したため、ことさらに北条の専横を言い立てて兵を挙げ

は父を見据える。

「だとしたら、どうする」

認めたも同然の答えだった。やはりそうか。諦念と虚しさを覚えつつ、三郎は父を見据える。

「野心がおありなら、父上自ら先頭に立ち、堂々と北条の排斥を訴えるべきでした。しかし、父上は親衡を矢面に立たせ、裏で糸を引くことを選ばれた。父上の謀才は、北条義時に遠く及ばないにもかかわらず」

父の目が殺気を帯びるが、構わず三郎は続ける。

「当然、親衡の謀は呆気なく露見し、義時も背後に父上がいることに気づいた。ゆえにこちらを挑発して兵を挙げるよう仕向け、父上はまんまとそれに乗せられた。その結果が、この有り様です」

「我らの武勇を天下に示したのだ。わしは、悔いてなどおらぬぞ」

「父上。我ら和田一門はこれまで、北条とは事を構えることなく手を携えてやってきました。それを、今になって何故……」

「すべては尼御台、あの女狐めを除かんがためよ」

父の顔が、憎悪に歪んだ。

還暦を過ぎた頃から、義盛は生涯最後の栄誉として上総国司の地位を望んでいた。義盛は大江広元を通じ、自らの功績を並べ立てた嘆願書を鎌倉殿に送ったものの、あえなく却下される。

「御所の女房どもが噂しておったのじゃ。わしの嘆願を握りつぶしたのは尼御台だ、とな」

「そのようなことのために……」

「国司の件だけではない。今の鎌倉では、誰も彼も北条の顔色を窺い、わしを蔑《ないがし》ろにしておる。頼朝公をお支えし、鎌倉の礎を築いたこのわしに、誰も敬意を払おうとせぬのだ！」

「ゆえに、北条を討ち、実朝様を除こうとしたと？」

「そうじゃ。それの何が悪い。己を侮辱する者あらば、斬り殺して進む。それが、坂東武者の生きる道ぞ！」

あまりに愚劣な言い分に、三郎は唖然とした。そんなつまらぬ理由で義直は、一族郎党は死んでいったのか。

味方はじっと、三郎と義盛のやり取りに耳を傾けている。将兵が義盛に向ける目には、失望の色がありありと浮かんでいた。

「わかったら、さっさと戦え。和田の武勇を示し、後の世で語り草となるような死に様を見せてまいれ！」

「お断りいたす」

吐き捨てるように言って兜を脱ぎ捨てた三郎に、義盛が惚けたような顔を向ける。

「何じゃ……今、何と申した？」

「一族郎党を己の駒としか考えないばかりか、愚にもつかない面目のため、家を滅びに導く。そのような棟梁に、これ以上付き従うことはできません。それがしは、この戦から降りさせていただく」

固唾《かたず》を飲んで見守る将兵に向け、三郎は声を張り上げた。

「皆もこれ以上、父に従うことはない。己の進む道は、己自身で選ぶがよい」

「三郎叔父上は、これからいかがなさるおつもりです？」

進み出て言ったのは、出奔したものの連れ戻され、渋々戦っていた朝盛だ。

「まずは材木座《ざいもくざ》まで出て、船を手に入れる。それから先のことはわからん」

「では、それがしもお供いたします。祖父《じい》様には、ほとほと愛想が尽きました」

「そうか。好きにしろ」

答えると、朝盛は歯を見せて笑う。他にも、同行を申し出る者が相次いだ。

「待て。お主らは一門の棟梁を見捨てるつもりか。それでも坂東武者か！」

「他者に敬われたくば、敬われるだけの振舞いをなされませ。もっとも、とうに手遅れですが」

「おのれ……！」

全身を震わせながら、義盛が太刀を抜いて斬りかかってくる。三郎は難なくかわし、腕を取って投げを打った。砂浜に叩きつけられた義盛が、呻き声を上げる。

「長らく世話になり申した。これにて、御免」

一礼し、踵《きびす》を返した。朝盛らが後に続く。

父はまだ何か喚き続けているが、三郎は振り返ることなく歩き続けた。

結局、残った味方の半数ほどが三郎に従った。

手に入れた六艘の船に分乗し、海へ漕ぎ出す。鎌倉を囲む山々の稜線が、徐々に遠ざかっていった。

恐らく、父はもう生きてはいないだろう。父への憐れみと、かすかな後ろめたさが入り混じる。

「思いのほか、大所帯になりましたな」

舳先に立つ三郎に、朝盛が声をかけてきた。その顔つきは明るく、どこか晴れやかですらある。少しだけ救われたような思いで、「そうだな」と答えた。

「一人気ままに生きるつもりだったが、これだけ家来がいるとなると、そうもいかん」

「では、この船で商いでも始めますか。いっそ、異国へ渡るというのはどうです？」

「なるほど。それもいいな」

幼い頃、由比ガ浜から海を眺めながら、この向こうには何があるのかと夢想していたことを、三郎は思い出す。

「これからは、和田一門でも坂東武者でもない、ただの三郎だ」

声に出すと、全身を縛《いまし》めていた太い縄が、ゆっくりと解けていくような心地がした。

気づくと、東の空が薄っすらと明るくなっている。

長い夜は、ようやく明けようとしていた。

実《さね》朝《とも》の猫

砂原浩太朗

写真提供・鶴岡八幡宮

鶴岡八幡宮

源頼朝の祖先・源頼義が、由比ガ浜附近に京都の石清水八幡宮を勧請（神仏の御分霊を他の地に遷し祀ること）したことにはじまる。その後、頼朝により現在の地に遷され、中世の中心都市・鎌倉の精神的な拠り所となった。また、3代将軍実朝が当地にて甥の公暁に暗殺されている。

地図⑫

◆神奈川県鎌倉市雪ノ下2-1-31

◆JR鎌倉駅／江ノ電鎌倉駅から徒歩10分

黒い束帯に身をつつんだ実朝卿《さねとも》が姿を見せると、半蔀《はじとみ》の隙間から外を眺めていた御台所《みだいどころ》が面《おもて》をかがやかせた。

「お似合いでございますこと。ひときわご立派に見えまする」

同意をもとめるように躬《み》へ目くばせする。寒くて口を開けたくはなかったが、御台所のためならと、ひとこえ大きく応えておいた。

「盛大に誉めてもろうたな」

卿が照れ隠しのようにいって、躬の喉を撫でる。こんどは心底ここちよく、おぼえず吐息まじりの声を洩らしてしまった。側仕えの女たちが、つられて笑みを浮かべる。

お分かりと思うが、躬はひとが猫と呼ぶ生きものであって、名は黒麿《くろまろ》という。むろんこれとても、ひとが勝手につけたものだが、いちいち言っていては切りがないから止《や》めにしておく。みずから申すのは憚《はばか》られるが、黒々と濡れたようにつややかな毛並みをしているから、そう呼ばれることになったのである。

征夷大将軍である卿と御台所が婚礼をあげて、十五年近くとなる。御台所は院、つまり先の帝のいとこに当たられるやんごとなき方で、朝幕の誼《よし》みを深めるべく、はるばるこの鎌倉へ嫁いできた。躬は生まれたばかりだったが、都の名残を偲《しの》ばせるためとかで、とくに選ばれて付き従ったのである。すでにはかなくなっていてもおかしくない歳月が経ったが、さいわい、まだその気配はない。叶うことなら、生きているうちに、いまいちど都大路を逍遥してみたいものと神仏に願っている。

「そろそろ参らねばならぬ」

卿がしずかな声音で告げる。武家としては稀有なことだが、昨年末、右大臣に任じられたため、鶴岡八幡宮《つるがおかはちまんぐう》へお礼言上の拝賀におもむくのだった。卿と御台所には子がさずからず、ふたりきりのときには、たいていかたわらに躬がひかえているから、御家人などよりも事情はよほど心得ている。

「お寒うございますから、御身おいといあそばして」

御台所が案じ顔で応える。無理もない。外には雪が吹き荒れている。朝から寒いことにはかわりなかったが、昼間のうちは晴れ渡り、深く青い空が広がっていた。が、夕方からにわかに白いものが降りはじめ、先ほど垣間見たところでは、すでに二尺ばかりも積もっている。八幡さまが相手では、雪だから止めますともいえまいが、難儀なことではある。

卿が名残り惜しげに御台所の手を取られたので、躬や女たちは、さあらぬ方に目をやった。都の者なら、誰しもその程度の心ばえは持ち合わせている。御台所としては門の外までも送って差し上げたいところだろうが、ご身分がゆるさぬ。地下《じげ》の者どもにかるがるしくお姿を見せたりなぞ、できるわけもない。縋《すが》るような目を向けられるまでもなく、躬がかわりに見送ることとした。むろん寒いのは嫌いだが、ひとよりも義理は心得ている。卿につき従い、急ぎ足で主屋を後にした。

御所の外には、檳榔《びんろう》の葉で飾りつけられた牛車が停まっている。牛のことばなど知りたいとも思わぬが、この荒天に駆り出され辟易《へきえき》していることは顔を見れば分かった。八幡宮はすぐそこだから歩けばいいようなものだが、この牛車も院よりの賜りものだというから、躬にはよく呑みこめぬしきたりがあるのだろう。

牛車に乗りこもうとして、卿はふと動きを止めた。そうするうちにも、雪がはげしさを増して吹きつけている。卿は真白《ましろ》な風を浴びながら、門の奥にある梅の木へ目をやった。ややあって、おもむろに声を発する。

出でていなば　主《ぬし》なき宿と成りぬとも　軒端《のきば》の梅よ　春を忘るな

詠《よ》み終えると、卿はつかのま躬に眼差しを投げた。そのまま音もなく唇を動かし、牛車に半身を入れる。躬が戸惑い、追い縋ろうとするうち、卿の姿は車のなかに消え、見えなくなった。路《みち》はいちめん深い雪に埋もれているから、随身《ずいじん》たちが後ろから押して、ようやく牛車が動きはじめる。躬は寒いことも忘れ、遠ざかる轍《わだち》をただ見つめていた。

さきほどの歌が頭の奥で幾度も繰りかえされる。やんごとなき方のおそばに侍《はべ》る身であるから、おおよその意くらいは分かるようになっていた。この館には主、すなわち卿ご自身がいなくなるけれども、梅よ春を忘れず咲いてくれということだろう。

が、八幡宮へおもむくあいだ留守にするから春を忘るなとは、いささか大仰の誹《そし》りはまぬかれぬ。歌というのは、多かれ少なかれ、そうしたきらいがあるものだが。

「ああ、行っちまった――」

躬の背後から、溜め息まじりの下卑た声が投げられる。振り向くまでもなく、誰かは分かっていた。知らん顔をしていると、いくぶん焦《じ》れた体で躬と肩をならべてくる。

薄汚れた虎毛である。十五年も暮らしていれば鎌倉じゅうの猫とはたいてい顔見知りになっているから、この者のことも承知していた。執権・北条義時《ほうじようよしとき》の飼い猫などと称しているが、坂東武者《ばんどうむしや》にわれわれを愛でるような風雅のあるわけもない。御家人風に六弥太《ろくやた》と名のっているが、ようは北条邸の厨《くりや》まわりをうろつく野良にすぎぬ。かくべつ仲良くするつもりもないので、ふだんは程々にあしらっているが、

「行っちまったとは、いかなる謂《いい》ぞ」

いまは六弥太のことばが気にかかっていた。躬が食いついてきたのが分かったのだろう、虎毛が得意そうに髭を震わせる。

「やんごとなき風にいえば、行ってしまわれたと」

「さようなことを尋ねたのではない」躬は舌打ちをこぼした。六弥太はにわかに面《おも》もちを引きしめると、

「黒麿どのの御《おん》あるじが危うい」

口早に告げた。寒さに縮んでいた躬の体が、さっと熱くなる。

「北条殿は、急な病を言い立て、本日の儀式に参列せぬ肚《はら》づもりらしい」

野良の気随さから、六弥太は北条のみならず、あちこちの御家人邸で餌をもらって日々を送っていた。屋根にのぼるのも庭先へ入り込むのも思いのままであるから、おどろくほどの消息通となっている。さきほど、屋敷うちで執権義時がそのようなことを郎党へささやくところに出くわしたらしい。

陰険な鼠《ねずみ》のごとき、かの人の風貌を思い浮かべた。この寒さで詐病《さびょう》を決め込んだか、と思ったが、つい今しがたも牛車のかたわらに控えていたはずであ

る。疑わしげに小首をかしげていると、六弥太が、ずいと進み出た。

「親王将軍の件はご存じであろう」

差し迫った調子で問うてきたから、応というつもりで、ひと声高く啼いた。

卿と御台所にお子がいないというのは先にも述べたことだが、征夷大将軍ともなれば放っておくわけにもいかぬ。おふたりとも三十には間があるが、十五年ともにおられて授からぬのであるから、諦めても仕方のないことではあった。

くだんの北条はじめ数多《あまた》の御家人が側女《そばめ》をすすめたが、卿は肯《がえ》じない。むしろん御台所を慈しまれてだが、院のいとこという血筋に遠慮なされたこともあるだろう。とうとう卿は院のお子をつぎの将軍に迎えようと考えた。つまり親王将軍というわけで、こたびの右大臣任官は、その心ばえを愛でてという意味合いもあるに違いない。

ひそかに政《まつりごと》の大権をのぞむ院から見れば、武家の棟梁でありながら朝廷に心を寄せる卿は願ってもない同志といえた。なにしろ、実朝という御名からして院にたまわったものである。昵懇《じっこん》とは、こういうことを指すのだろう。

が、それは同時に坂東武者どもの失望と不安を招く次第にもなっている。右大臣への就任も、こころよく思わぬ者が多々いるだろう。躬もそれくらいは承知していた。六弥太が訳知り顔でいう。

「おそらく、八幡宮でなにかが起こる……それゆえ北条殿は身を避けたに相違ない」

「なにかとは」躬はいぶかしげに額を寄せた。ひとならば眉をひそめたいところだろうが、猫に眉と呼べるほどのものはない。六弥太は右の前足をあげ、もどかしそうに頬のあたりを掻いた。

「黒麿どの御あるじを害し奉るというような――」

「まさか」

おもわずつぶやいた。執権義時は、卿の母である尼御台・政子《まさこ》殿の弟だから、実の叔父にあたる。よもや甥を殺すなどということが、と返しかけたところへ、

「いえ、わたくしもさように思いまする」

頭上から、涼やかな声が響きわたった。目をあげるまえに、降りしきる雪と

見紛《みまが》うほど真白な毛並みの猫が、御所の塀から飛んで地に降り立つ。積もった
雪のかけらが、音もなく足もとから舞いあがった。
白妙《しろたえ》という雌である。八幡宮で飼われている猫にふさわしく、坂東の生まれ
とも思えぬ優美な肢体をのびやかにさらしていた。常ならば、見よう見まねで
恋の歌でも捻りだして手合わせ願いたいものだが、いまはそれどころでない。
「いったい何が」
声をうわずらせて問うた。野良の六弥太ならまだしも、この寒夜、白妙がわ
ざわざ八幡宮を抜け出てきたということが、すでに只事ではない。
「別当殿が……」
ひとこと聞いた途端、躬は駆けだした。御台所を置いていくことは気になっ
たが、別当と耳にしただけで、卿のあやうさが肌身にせまって感じられたので
ある。六弥太たちが、あわてて跡を追ってくる。駆けながら、白妙がきれぎれ
に話しだした。
別当とは公暁《くぎょう》のことである。卿の兄・先代頼家《よりいえ》殿のお子だった。頼家殿は舅
である比企《ひき》という御家人を重んじたため北条の不興を招き、将軍位を逐《お》われた

うえ、お命まで奪われたのである。このときの当主は義時の父・時政《ときまさ》という人物だが、北条には将軍殺しの前歴があったわけだ。

頼家殿の子である公暁は実朝卿の猶子《ゆうし》となり、八幡宮の別当に任ぜられている。いちど御所に伺候したおり顔を見たことがあるが、おそろしく暗い目をした若者だった。卿が父の死に関わったと信じ込んでいるのか、将軍位に就いた叔父を妬ましく思っているのか、抑えきれぬ敵意が軀《からだ》から溢れ出していたように思う。

その公暁が、先刻、寵童とはげしく絡み合いながら、「今宵ぞ、今宵こそ、われ本懐を遂げん」と譫言《うわごと》のように繰り返していたという。

「その寵童とは」

息を切らしながら躬はいった。

「駒若丸《こまわかまる》と申され、三浦義村《みうらよしむら》殿の子にておわします」

白妙が応える。眼前に昏《くら》く重いものの垂れこめる心地がした。三浦義村は侍所の所司をつとめており、北条に次ぐ力を持った御家人である。やはり、院と卿の親密さには強い懸念を示していた。妻が公暁の乳母《めのと》だということは承知していたが、息子まで差しだしているらしい。ひどくどろりとしたものが、卿を呑み込もうとしているように思えた。

積もった雪に足を取られながら駆けていると、笙《しょう》や篳篥《ひちりき》の音がはっきりと耳を震わせる。拝賀の式で奏でられているものに相違なかった。面をあげると、はるか山上の本殿へつながる杉木立ちが目のまえに迫っている。ひとならば、はるか眼下の鳥居をくぐって参道へいたり、えんえん階《きざはし》を登るところだが、われわれなら道なき道からでも入り込むことができるのだった。

とはいえ、ただでさえ寒さに弱いこの身であるから、足さきはかじかみ、血すら流れ出している。六弥太と白妙はしだいに遅れ、背後でかすかな足音が聞こえてはいるものの、気がつくと躬ひとりで駆けているのだった。

行く手に本殿の影が滲んできたときには、楽の音が止んでいる。吹雪《ふぶき》を透かして、丹塗《にぬ》りの回廊があざやかに浮かび上がっていた。かたちばかりとはいえ公暁も坊主であるから、神仏へ拝賀のさなかに何か仕掛けてくるとは考え難い。が、楽が絶えたということは、式次第が終わったのかもしれぬ。凍てつきそうな四肢を急き立て、本殿に近づいていった。

躬は息を詰めた。社殿から出てきた人々の姿が、霞んだ目に飛びこんでくる。やはり、拝賀の式は終わったものらしい。供奉《ぐぶ》の人数は一千などと称しているが、本殿にあがれる数は限られている。せいぜい三十人というところだろう。躬はつかのま立ち止まって列をうかがい、卿のお姿を探した。するうちにも人々の歩みは留まることなく、先頭の者はすでに階を下りようとしている。

——おられた。

列のなかほどに、見覚えある黒い束帯をまとった影が見いだされた。やはりお寒いのか、蒼ざめた顔をなかば俯《うつむ》けるようにして歩まれている。駆け寄ろうとして、おもわず足が止まった。

卿のそばに太刀《たち》をささげた男が従っている。神事に欠かせぬ御剣の役というものだが、本日は、くだんの義時がつとめると聞いていた。が、鼠に似た男の姿はそこになく、太刀を捧げ持っているのは、まったくの別人である。

——病を言い立て……。

六弥太のいったことは誤っていなかったらしい。義時は詐病を楯に、どこかで拝賀の式から逃れたのだろう。

躬が居竦んでいるあいだにも、卿は止まることなく歩みをすすめている。ようやく我にかえって駆け出し、御足もとへまとわりついたときには、階を下りはじめていた。

常ならば、まわりの者に追い払われているところだが、この吹雪にまぎれて躬に気づくものはおらぬ。が、それは卿の目を惹くのもむずかしいということだった。御足に縋り幾度も啼き声をあげたが、お耳に留まる気配がない。雪に足を取られつつ、たゆまずに一歩一歩下りてゆかれるのだった。この階が六十段ほどであることは、以前登ったから知っている。すでに卿は三十段近くを下りられていた。

「黒麿どのっ」どこかから、六弥太の濁声《だみごえ》が響く。その谺《こだま》が消えぬうちに、白妙の澄んだ声が高く鳴りわたった。

「銀杏《いちょう》の陰でございます」

その響きへ導かれるように、目を飛ばす。階を下りきったところに銀杏の木が一本、天を指して伸びていた。まだそれほど大きくはないが、この吹雪である。ひと一人くらいなら、隠れられぬものでもないだろう。よく見ると、そのかたわらで白妙たちが雪に埋もれてうずくまっている。途中で向きを変え、境内をさぐってくれていたらしい。

──あと十五段しかない。

総身が焦りの色に塗り籠められる。寒さなど、かけらも感じなかった。凍えきったはずの蹠《あしのうら》に、しとどな汗さえ掻いている。御台所のさびしげな面ざしが眼前に浮かび上がってくるようだった。

「──お赦《ゆる》しあれ」

ひとこえ大きく啼いて、躬は後ろ足でつよく地を蹴った。恐れ多くも笏《しゃく》を持つ卿の手に飛びかかり、思うさま爪を立てる。このような振る舞いは生まれてはじめてのことだった。

抑えた呻《うめ》き声があがると同時に、吹雪のなかへ降り立つ。立ち止まった卿が、眼《まなこ》を開いて躬を見つめた。戸惑いとおどろきに満ちた瞳が、ほどなくやさしげに細められ、おだやかな笑みが顔中にひろがる。

と、卿がやにわに天をあおぎ、面に微笑みを貼りつけたまま、横ざまに倒れこんだ。その向こうでは、兜巾《ときん》をかぶった僧形《そうぎょう》の男が、太刀を手に荒々しく肩を上下させている。赤黒く染まった雪があたり一面に舞い散り、躬の頭上に降りかかってきた。

沈みかけた日が町並みに朱色の光を投げている。正面からまばゆい輝きを浴びた躬は、おぼえず目をほそめた。

都の景は驚くほどさびれ、埃じみたものになっていた。道行く地下の者たちも、疲れたような面もちをたたえてさ迷っている。行き交う牛車の歩みすら、どこか物憂げに見えた。

実朝卿を殺した公暁は、おのれが将軍になるつもりだったようだが、頼みとしていた三浦義村に討たれた。使嗾《しそう》したのが北条だったのか三浦だったのか、あるいは共謀《ともばか》りしていたのかは分からずじまいである。公暁ひとりが兇刃を振るったということで片づけられた。

が、そのようなことはどうでもよい。鎌倉というもののけが、寄ってたかって卿に牙を剝いたのだと躬は思っている。

卿という同志、ないし手駒を失った院は、ついに幕府と兵をかまえて敗れた。諸人《もろびと》は承久《じょうきゅう》の乱などと呼んでいるらしい。院は隠岐《おき》に配流となったが、申すも憚られることながら、生きて都の土を踏む折はあるまい。次の将軍は親王でなく、摂関家から迎えられた。そのほうが、御家人どもには都合がいいのだろう。

御台所はあの翌日落飾《らくしょく》し、ほどなく都に戻られた。ここ八条《はちじょう》に庵《いおり》をかまえ、躬とともにひっそりと暮らしている。

いまでも、あの日のことを思い出す。卿は、遠からずこのことあるを予期し、覚悟を据えておられたのだろう。出でていなば、という歌も然《しか》りだが、牛車に乗り込むまえ、躬に向けて動かした唇、声にならなかった言の葉のかたちに、後で気づいたのだった。

「末長《なご》う御台とともにあれ」

卿はそう仰せられたのである。

むろん躬は、許されるかぎり、いまは西八条禅尼《にしはちじょうぜんに》と申される彼《か》のお方のそばに侍るであろう。生果つるまえに、昔日のごとき禅尼の笑みを見たいというのが、ただひとつの願いである。

願いといえば、と躬は溜め息をこぼす。たしかに今いちど都大路を歩いてみたいと望みはしたが、このようなかたちであるわけもない。神仏とは、つくづく融通のきかぬものだと、しんそこ呆れている。

修《しゅ》善《ぜん》寺《じ》の鬼

高田崇史

©Kaz/PIXTA

修禅寺／指月殿

大同2年（807）、弘法大師の開基。鎌倉時代、北条氏が帰依したことによって寺運が隆盛し、大寺となる。建久4年（1193）源範頼は、兄・頼朝の猜疑を受け修禅寺の子院「信功院」（現・日吉神社内）に幽閉され、梶原景時に攻められて自刃したとされる。また、頼朝の長子・2代将軍頼家は、祖父・北条時政らの謀略で将軍職を追われたのちここに幽閉され、元久元年（1204）に暗殺されるなど、鎌倉時代は源氏一族をめぐる悲劇の舞台としてもその名を留める。

地図 13
◆静岡県伊豆市修善寺964
◆伊豆箱根鉄道修善寺駅からバスで「修善寺温泉」下車

凄絶なほど白く大きな月が、桂川《かつらがわ》の水面《みなも》を照らしていた。

本来の月見は、空を見上げない。池面や湖面に映った月の姿を、こっそり覗くように眺めるのが真の月見だ。月は「不吉」で「斎々《ゆゆ》しき」物。都で流行《はや》っているという猿楽《さるがく》ではないが、月が皓々《こうこう》と輝く晩には、魔物が姿を現すのが常《つね》なのだから――。

だが、こんな世では誰もが月見どころではないだろう。異国・蒙古《もうこ》が今にもわが国に攻め寄せてくるのではないかと、さすがの鎌倉・北条得宗《ほうじょうとくそう》家にも、激震が走っていると聞いた。今まで経験したことのないような、大きな戦《いくさ》が始まるのではないか、と。

鍬形直輔《くわがたなおすけ》は、真昼のように明るい川の畔《ほとり》を一人歩いていた。

中天の月が、直輔の痩せこけた頬を照らす。鉤鼻《かぎばな》に細い一重の眼《まなこ》。先の戦で負った左眉の大きな勲章傷。月光の下でなくとも、対峙する人間に、どことなく不穏な印象を与える。

夕刻前に三島《みしま》を発って伊豆《いず》国を南に下る五里の道程を歩き、こうして修善寺《しゆぜんじ》までやって来た。晩秋の風が、辺り一面を彩っているであろう紅葉の山を揺らすが、さすがに月の光に浮かび上がるのはごくわずか。あとは、暗い闇の中に静かに沈んでいた。直輔は、直垂《ひたたれ》の帯に手挟む太刀《たち》の重さを確かめると、いつもの癖で左眉の刀傷を軽く押さえながら歩を進める。

修善寺というこの地名は、令外官《りようげのかん》の一つ、銭貨鋳造の役目を担っていた「鋳《ちゆう》銭司《せんし》」という役所名からきていると聞いた。日光の「中禅寺《ちゆうぜんじ》」と同じだ。事実、今もこの辺りで金《きん》が採れる。

そして、そこに鎮座している寺の名は「修禅寺」。ややこしいが、どうでも良い些末《さまつ》なこと。今夜の直輔の目的は、その寺ではない。ここ修善寺に、不埒《ふらち》な噂話を聞かせる破戒僧が居る。その僧に会え。会って話を聞き、無害な似非《えせ》坊主であれば捨て置け。しかし万が一にでも、得宗家に害をなすようであれば——その場で斬り捨てよ。

それが、鎌倉から直輔に課せられた使命だった。

信功院《しんこういん》を過ぎて修禅寺門前までやって来ると、桂川に架かる虎渓橋《こけいきょう》が見えた。直輔は、剝《は》げた朱塗りの欄干が並んでいる古い橋をギシギシと音を立てて渡り、今は亡き鎌倉の二代将軍・源頼家《みなもとのよりいえ》の供養のため、母・政子《まさこ》によって建立された「指月殿《しげつでん》」へと向かう坂を上る。

すると、月光に照らされた堂の前には、噂通り破戒僧が胡座《あぐら》をかいて座り、縁の欠けた素焼きの土器《かわらけ》に一升入りの瓢簞《ひょうたん》から酒を注いでは飲み干していた。

この名月を愛《め》でるかのような独りの酒盛りだ。

日焼けなのか、酒焼けなのか、僧の丸い顔は修験者や遊行僧のように黒ずんでいた。袈裟《けさ》も指貫《さしぬき》もなく、小袖の上に粗末な裳付衣《もつけごろも》を羽織《はお》っただけで、

「もの云はぬ四方《よも》の獣《けだもの》すらだにも、あはれなるかな親の子を思ふ……」

などと口ずさんでは、土器に注いだ酒を口に運んでいる。

やがて直輔の気配に気がついた僧は、

「このような時刻に何処《いずこ》へ行かれる、若者」静かに尋ねてきた。「魔に魅入られるぞよ」

直輔が、わざと知らぬ顔でその場を離れようとすると、

「のうのう、待て」僧は酒臭い息で呼び止める。「今宵《こよい》は十三夜。一杯つき合わぬか。酒の飲めぬ歳でもなかろう」

そう言って土器を差し出すが、もとより直輔が受けるわけもない。

すると僧は「ふん」と鼻息荒く酒を飲み干した。

その姿を見て、直輔は問いかける。

「夜な夜なこの辺りに出没する怪しげな僧とは、ご坊のことか」

「ご坊と呼ばれるほどの坊主ではないが、わしの名は海燿坊《かいようぼう》。あの修禅寺の僧だったが、疾《と》うの昔に辞めた。寺が改宗したのでな、わしも宗旨替えした」

海燿坊は、からからと笑った。

「それで、このように酒に浸っておるのか」

「こんな世じゃ。飲まずにおれまい。それより、わぬしは何をしておる。まさか、どこぞの墓参りでもあるまいに」

「今宵中に片づけねばならぬ私用があるのだ」

声を押し殺して答える直輔をじろりと見て、海燿坊はいきなり問いかけた。

「わぬし。ここへの途中で、八幡《はちまん》社を見たか」

「見た」直輔は答える。「狩野川《かのがわ》と、この桂川が合流する場所近くに建つ社であろう。小さな祠であった」

「そこには、尼将軍・政子の玉門石《ぎょくもんせき》が祀《まつ》られておる。男子《なんし》を生せるように治療・祈願に励んだ女陰を模《かたど》った石じゃ」

「……そうらしいな」

「しかし、結局は叶わんかった」

「何と」直輔は海燿坊を見返す。「二代将軍・頼家公、三代将軍・実朝《さねとも》公と、立派なお子をお産みになられたではないか」

「愚かな」海燿坊は、吐き出すように言う。「お二人が、尼将軍のお子じゃと」

「違うとでも申すか」

当たり前よ、と海燿坊は嗤《わら》った。

「彼らが実の子ではないからこそ、政子はあれほどまで辛《つら》く冷たく当たったのじゃ。故に実朝公は、言葉を喋らぬ獣たちとてあなたのように冷たくはない、親は子を思っている——と詠《うた》われた。裏を返せば、実の子であれば獣であっても互いに愛情があるであろう——という歌じゃ」

先程この僧が口ずさんでいた歌だ。

「更に実朝公は、母親を捜して泣く子は余りに不憫《ふびん》だ、という歌も詠まれておる。まさに、ご自分の心情じゃ」

「妄言ぞ」直輔は即座に否定する。「ただの誹謗にすぎぬ。では、頼家公と実朝公の実のご母堂は一体誰だと言うのか」

「そのようなことは知らぬ」海燿坊は、口をへの字に曲げて肩を竦めた。「冥界にでも降りて、頼朝公に訊かねば分からん。じゃが、政子も辛かったと思うぞ。愛する夫・頼朝公と、どこの誰とも知らぬ女子《おなご》との間に生まれた子を、自らの子として育て上げねばならなかったのじゃからのう。いかに父・時政《ときまさ》の命《めい》とはいえ、切ない仕事じゃ」

「勝手な世迷い言を」

吐き捨てる直輔を見て海燿坊は、ぼりぼりと胡麻《ごま》塩《しお》頭を掻いた。

「わぬしは、何も知らんと見える。その立派な刀傷は、ただの飾りか」

その言葉に直輔は顔色を変え、柄《つか》に手をかけて詰め寄る。

「今の暴言。事と次第によっては許さぬぞ」

「待て待て」海燿坊は落ち着き払ったまま、土器を持つ手で直輔を制した。

「わぬし、この地に眠っておられる大将軍・蒲殿《かばどの》を知っておるか」

知る知らぬもない話。

蒲殿――源範頼《のりより》は、故左馬頭《さまのかみ》・義朝《よしとも》の六男。頼朝の異母弟で、同じく異母弟の義経《よしつね》と共に平家討伐の軍を率《ひき》い、これを壇《だん》ノ浦《うら》に滅ぼした。

「実に立派な大将じゃった」海燿坊は続ける。「当時、あれほど大きな器を持った人物は、おらんじゃったろう。何しろ蒲殿は、多田太郎行綱《ただたろうゆきつな》、梶原平三景時《かじわらへいぞうかげとき》、畠山次郎重忠《はたけやまじろうしげただ》、仁田四郎忠常《にったしろうただつね》、比企藤四郎能員《ひきとうしろうよしかず》、和田小太郎義盛《わだこたろうよしもり》など、二癖《ふたくせ》も三癖《みくせ》もある猛将たちを束《たば》ね率いて平家と戦った。これは余程、度量の大きな将軍でないとできぬことじゃ。合戦《かっせん》の際に景時が口にしたように、義経などより何倍も大将としての器が大きかったろう」

そう言うと、海燿坊は土器に酒を注ぎ飲み干した。

「しかし謀反《むほん》の疑いをかけられ、この地に流罪《るざい》。先程、わぬしがその前を通ったであろう信功院に幽閉され、鎌倉方の不意打ちにより自害。家人らも誅殺《ちゅうさつ》。それもこれも、政子の讒言《ざんげん》による」

「讒言と」

「当たり前じゃ」海燿坊は嗤った。「全てが時政の罠よ。最初から蒲殿を亡き者にするためのな。今言ったほど度量の大きい将軍が、謀反を考え、且つそれを疑われるような言葉を不用意に吐《は》くと思うか。そもそも、その言葉は政子しか聞いておらぬ」

「では何故に」

動揺する直輔の言葉を無視して、海燿坊は再び尋ねる。

「もう一人の将軍、頼家公の話は知っておるか」

「知っておるかも何も――」

返答するまでもない。

初代将軍・頼朝が突然亡くなったその月の内に、嫡男の頼家は家督を相続し、第二代の「鎌倉殿」となった。

しかし、まだ十八歳であったことと、自らの後ろ盾である比企一族を重用したことから、北条氏ら有力御家人たちによる十三人の合議制が敷かれた。

あくまでも将軍の補佐ということだったが、この制度によって頼家は、彼らの判断を仰がなくては何一つできなくなってしまった。つまり、十三人の御家人たちは「将軍補佐」という名目で、頼家をがんじがらめに縛ったのである。

表向きの理由としては、頼家は若く独断がすぎる、従来の慣習を無視して暴走する、訴えに対する裁きが乱暴すぎる――たとえば土地の訴訟が起こった際に、当事者双方を呼び出して図面の中央に黒々と線を引き「どちらが広いかは運次第」と言い放った――などという理由が挙げられたが、これらは殆《ほとん》どがでっち上げか、後付けの理由だった。この制度は、時政を始めとする御家人たちが頼家の力を削ぐために考案したものであり、それだけが主目的であることは傍《はた》から見る誰の目にも明らかだった。

その戦略が功を奏し、父・頼朝の代からの側近であり、自分の乳母《めのと》の夫・梶原景時の失脚も、頼家には防ぐことができなかった。

景時は鎌倉を追放され、やがて一族を率いて上京途中の駿河《するが》国で襲われて、宇治川《うじがわ》の先陣争いで名を揚げた勇将・息子の景季《かげすえ》らと共に、一族三十三名が壮絶な最期を遂げることになる。

その三年後。

頼家は、突如として原因不明の病《やまい》に襲われ、体調を崩し床《とこ》に就く。僧侶たちによる治癒の祈禱が何度も執り行われたが、奏功する気配すらなく、ますます病は重くなった。

「霊障であったと聞いた」直輔は言う。「富士《ふじ》の人穴を探索させたことによる浅間菩薩《せんげんぼさつ》の祟《たた》りだと。あるいは、源氏によって滅ぼされてしまった平家の怨霊のせいと」

はっ、と海燿坊は嗤った。

「では、頼家公がまだ存命中にもかかわらず、遺言が鎌倉中に出回ったのは何と見る。尋常であれば、そのようなことは起こるまいて。つまりこの『病』は、最初から仕組まれていたということじゃ」

「仕組まれていた……」

「そうよ」海燿坊は、ぐびりと酒を飲む。「附子《ぶす》じゃ。父・頼朝が、盛られたのと同じ毒じゃ。建長寺《けんちょうじ》前で殺された伊具四郎《いぐしろう》入道の例を挙げるまでもなく、当時は頻繁に用いられておったからの」

「何と」

「じゃが、それより大きな問題は、頼家公が臥《ふ》せっておられる間に起こった事件じゃ」

比企一族の件だ。

頼家が病に倒れている枕元で、比企能員の娘で頼家の愛妾であった若狭局《わかさのつぼね》を通して、この病は北条氏の陰謀だと告げられ、頼家はすぐさま時政追討の許可を下す。ところが政子が全てを立ち聞きしており、またしても父・時政に伝えると、時政は直ちに反応した。能員を仏事と偽《いつわ》って呼び出し、その場で謀殺してしまった。

それを知った比企一族は屋敷に立て籠もったが、畠山重忠や三浦義村《みうらよしむら》らの大軍を率いた時政の次男・義時《よしとき》に攻め込まれた。そして若狭局はもちろん、彼女との間に生まれていた頼家の嫡男、わずか六歳の一幡《いちまん》を始めとする比企一族は「族滅《ぞくめつ》」——一族一人残らず殺害されたのである。

その年の正月、鶴岡八幡宮で行われた神楽《かぐら》奉納の際に、神がかりした一人の巫女が口にした、

「若宮——一幡の、将軍を継ぐこと、よもあらじ」

という託宣が、見事に現実のものとなったので、一時期鎌倉では、不思議なこともあるものよ、と人々の口に上ったほどだ。

一方、病床でその話を告げられた頼家は烈火の如く怒り、病の身ながら枕元に置いてあった太刀を手に取って立ち上がろうとしたが、さすがに叶わず倒れ伏し、病床から和田義盛と仁田忠常に、時政を討てと命じた。

しかし、この命令が義盛によって密告され、それを口実に時政たちは頼家の周辺の御家人たちを次々と討ち取っていった。そのため頼家は文字通り丸裸となり、政子によって強引に出家させられ、修禅寺に幽閉されてしまった。

幽閉後も、風呂に漆《うるし》を入れられて全身をかぶれさせられたなどという噂もあったが、ついに時政らは、修禅寺に武装した軍勢を送り込む。そして、頼家が湯殿に入っているところを襲わせた。

「しかしその時は、頼家公も、すっかり『病』から立ち直っておられた」海燿坊は酔いに任せるかのように、ゆらゆらと揺れながら口を開く。「じゃから、いかな時政の精鋭たちとはいえ、容易に暗殺はできんかった。丸腰の頼家公に向かって分銅を飛ばし、首に縄を巻きつけて締め上げて引き倒し、手足を押さえつけ、それでも足らず、ふぐりを握りつぶしてから刺し殺したという」

海燿坊は顔を歪める。

「この惨殺の仕様も尋常ではないが、逆に言えば、鎌倉を離れた頼家公は、そこまで恢復されていたということじゃ。こちらに来られて以降は、みるみるうちに体力を取り戻し、里の子らとたわむれ遊んでおられたというからの。鎌倉山は体に悪い、と側近に笑いながら語られていたらしい」

やはり鎌倉では、一服「盛られ」ていたということか。

眉をひそめる直輔に、海燿坊は続けた。

「その後は、わぬしも知っておるように、頼家公の家臣十三名が、公の恨みを晴らすために立ち上がろうとしたが、これも時政の手の者によって全員が殺され、あの場所」土器を持つ手で指し示した。「頼家公の墓のたもとに眠っておる。そして、頼家公の菩提《ぼだい》を弔わんとして母・政子が建てたというのが、この指月殿じゃ」

その言葉に思わず手を合わせた直輔を見て、海燿坊は尋ねた。

「わぬしは、何をしておる」

「見れば分かろう。祈ったのだ。頼家公に、そして尼将軍の思いに」

ははっ、と海燿坊は嗤う。

「この指月殿は、わずか五間四方。壁は板子一枚。正面は見ての通り格子の引き戸。中に座っておる丈六《じょうろく》の釈迦如来《しゃかにょらい》を風雨から護るに精一杯。どこに、頼家公を弔う余地があろうか。本心から頼家公を弔う気があったなら、もうちっとましな建物を建てようぞ。政子ほどの力と財があれば、川向こうの修禅寺に負けず劣らずの寺を建立できたのではないか。とは言え、蒲殿――範頼公の墓に比べれば、まだ良いがな。あちらは山の中腹に野晒しで、雨避けの屋根すらないからな」

「そ、それは」

「だが、それもこれも」海燿坊は直輔の言葉を無視するように、再び土器に酒を注いだ。「頼家公が、政子の子ではなかったゆえ、仕方のないことじゃ」

「ご坊は先程来、そう断言しておるが、それは真《まこと》か」

「政子の玉門石が祀られている八幡社の話をしたであろう。坊主のわしが言うのもおかしいが――」

海燿坊は笑いながら続ける。

「わが国の神々は、自らが叶わなかった望みを、我らに与えようとしてくださる。若くして亡くなられた者は『長寿』の神となり、愛する者と最後まで添い遂げられんかった者は『良縁』の神となり、問答無用で財を奪われてしまった者は『金運・財運』の神となり、運悪しく戦に敗れてしまった者は『武運長久』の神となる。それが、神徳じゃ」

「それがどうした」

「政子の玉門石の神徳は『子宝・安産』。つまり、それが政子の叶わなかった望みよ」

「なんと……」

「また、頼朝公は、女子《おなご》に手が早かったという噂があるな。そして、しばしば政子と揉めていたと」

「耳にしたことはあるが、それとこれとが、どう結びつく」

「その頼朝公の多情じゃが、いつも政子が孕《はら》んでおった時期だった。つまり、その時に合わせて、頼朝公は他の女子を抱かれたわけじゃ。おそらくこれは時政公認、いや、差し金だったかも知れぬ」

「ま、また、そのような戯言《ざれごと》を」

直輔は睨みつけたが、全く気にも留めず海燿坊は続けた。

「なればこそ、頼家公が幼き日に富士の巻狩《まきがり》で見事に鹿を射止められても政子だけは冷たくあしらい、時政らによる毒食わせも見過ごし、この地での惨殺も見て見ぬ振りをし、挙げ句の果ては死後の弔いもこのようなものじゃ。もちろん、それは実朝公も同じ仕打ちだったがな。頼家公も実朝公も、頼朝公の血を引いてはいたが、政子――北条氏の血を引いておらなかった。故に殺害された。なれば尚更、蒲殿・範頼公も同じ。平家や源氏を始めとして、北条氏以外の士族は全て滅ぼされた。それを仕掛けたのは誰かなど、一目瞭然。この修善寺には、源氏の血が土中深くまで染みこんでおる」

「しかし、時政殿もそのような謀り事に一枚嚙んでいたとは、とても思えぬ。時政殿は、これらの事実を本当にご存知だったのか」

「知らいでか。というより、全てあ奴の策謀よ。鎌倉の御家人が一人命を落とす度に、北条の力が一つ増えた」

「そう断ずる所以《ゆえん》はあるのか」

「聞きたいか」

「無論」

「ならば話そう」

海燿坊は土器を傍らに置くと、直輔を見た。

「事の起こりは、畠山重忠・重保《しげやす》親子の謀殺じゃ。頼家公暗殺の翌年、またしても時政が動いた。今度は、畠山一族を亡きものにしようとしたのじゃ。『謀反だ』という声を聞いて『謀反人はどこだ』と叫んで飛び出した重保は、若宮大路で取り囲まれて斬り殺された。同じく父の重忠も、鎌倉を目指して上る途中に謀反の疑いをかけられ、襲われて果てた。しかし、これらはいかにもまずかった。重忠といえば、一の谷の合戦以来、智仁勇《ちじんゆう》を兼ね備えた、御家人一の武者と謳《うた》われた男。さすがに、鎌倉武士たちの疑いの目が時政・義時に向けられた。そこで時政は、乾坤一擲《けんこんいってき》、一か八かの大芝居を打った」

「それは何だ」

「知れたことよ。息子・義時と、その姉・政子による、時政の鎌倉追放じゃ。

しかも時政は、自らの非を詫びるが如く頭を丸めた。これによって、御家人たちからの疑いは微塵《みじん》もなくなった。それだけではない。自らの父親でさえも弾劾《だんがい》した公正さに鎌倉武士たちは心を打たれ、義時と政子への信頼と人望が高まった。潔癖な姉弟よとな」

「それが、芝居だったと言うか」

「勿論じゃ」海燿坊は直輔を見据える。「良《よ》っく聞け。これまで謀反の疑いありなどと言われ命を奪われたのは、範頼公と頼家公だけではない。新宮十郎行家《しんぐうじゅうろうゆきいえ》。源九郎義経《げんくろう》。梶原景時。同じく源太景季《げんた》。同じく平次景高《へいじかげたか》。比企能員。仁田忠常。畠山重忠。同じく重保。和田義盛。三浦泰村《やすむら》。その他大勢の武将たちが『罪』を得て失脚し、ほぼ時期を同じくして襲撃され、例外なく命を落としておる。しかし『罪』を得たにもかかわらず、天寿を全うした人間が、たった一人だけおる」

「それは」

「言うまでもないわ。北条時政、その人じゃ。あ奴は、六十八で鎌倉を追放されて後、七十八の天寿を全うしておる。しかも追放された地は、地元、ここ伊豆じゃ。時政ただ一人は暗殺者に襲われることもなく、故郷のこの地で安穏な余生を送った。全ては、時政が書き、政子・義時が打った大芝居よ」

「し、しかしそれは……」

「信じられぬか」

「ああ。信じられぬ」

「話にならぬな」海燿坊は、再び瓢箪と土器を手にする。「飲め」

「遠慮する」

「酔えば太刀先が鈍るか」

「な……」

「わぬし、わしを斬りに来たのであろう」海燿坊の目が、ぎらりと光った。

「得宗家の差し金でな。指月殿の前でいかがわしい話を広めておる破戒僧が居る、それを斬れと」

「…………」

口を閉ざす直輔のこめかみから、一筋の汗が流れた。

先程からすでに直輔は、この坊主は斬らねばならぬと心に決めていたのだ。

それを見透かされた。

しかし、

「頼家公の墓前で、わしを斬れると思うてか」

海燿坊は、大きく笑った。

するとその破顔は、みるみるうちに膨れ上がり、何とも形容しがたい鬼面となる。

「おお、面妖な」

叫ぶ直輔の目の前にある無表情なごつごつとした顔は、深い皺《しわ》の寄った額の下、両眼の部分に黒い穴がぽっかりと開き、鼻も頰も丸く出っ張り、口は閉じているのか開いているのか、大きな歯が十本ほど見えている。

どこかで目にした。

そうだ。修禅寺に収められている面だ。漆にかぶれた頼家が、その顔を鎌倉の政子に一目見せようと作らせたと寺伝にあるという面だ。

直輔の膝頭はがくがくと笑い、腰を抜かしそうになりつつも、震える手でようやく腰の太刀を抜き、

「かあっ」

月光の下、鬼面に向かって無我夢中で振り下ろした。

がつん、という手応えがあり、鬼面は脳天から顎にかけて、大きな亀裂が入った。しかし、

「愚か者めが」

鬼面は直輔に向かい、

「劫火《ごうか》洞然《とうねん》──世の終わりの大火に。

大千《だいせん》倶壊《ぐかい》──全て残らず破滅する。

色身敗壊《しきしんはいえ》──肉体などはただ無常。

人境一如《にんきょういちによ》──己れを空《むな》しゅうせよ。

喝《かつ》っ」

大音響で唱え、その言葉は辺り一面、雷鳴のように響き渡った──。

暫く気を失っていたらしい。

気がつくと十三夜の月明かりの下、直輔は一人、指月殿前で倒れていた。先ほどまでの破戒僧の姿はどこにもなく、大きく西へと傾いた白い月がただ皓々

と背後の深い竹藪を、そして指月殿を照らしている。

しかし……。

こうして改めて堂宇を眺めてみれば、吹き寄せる風にもがたがたと揺れ、今にも壊れてしまいそうだ。経堂と呼ばれているが、それにしても粗末。余りに貧弱すぎる。まるで祭の神輿《みこし》を仕舞い置くための小屋のようだ。

これで本当に、頼家の魂を弔うことができるのか。

直輔の頭は混乱する。

ただ、あの破戒僧の言葉だけが頭の中に響き渡っていた。

〝この修善寺には、源氏の血が土中深くまで染みこんでおる〟

ふと見れば傍らには一升入りの瓢簞と、欠けた土器が転がっている。

直輔はたまらず手に取って、溢れるのも構わず瓢簞から酒を注ぐと一息に飲み干した。かあっと胃の腑が熱くなり、頭の中がぐるぐると渦を巻き、体ごと何処かに持って行かれそうになり――。

直輔は再び、その場に倒れ伏した。

その後、指月殿前の破戒僧・海燿坊も、そして鍬形直輔の行方も杳として知れない。

噂によれば、いつからか指月殿前には若い破戒僧が住みつき、訪ね来る者に範頼や頼家の物語を語って聞かせていたという。左の眉に大きな刀傷のある、少し曰《いわ》くのありそうな坊主で、酒を一杯奢れば喜んで話をしてくれたらしいが、今となってはもう、そんな噂話の真偽は確かめようもない――。

これは、後世この地を訪れた一人の歌人をして、

此の里に悲しきものの二つあり
　範頼の墓と頼家の墓と

と詠ませた、伊豆・修善寺での秘録である。

◇執筆者紹介

小栗さくら《おぐり・さくら》
東京都生まれ。歴史タレントとして活動する傍ら、歴史系アーティスト「さくらゆき」のボーカルとしても活動中。'18年「歳三が見た海」を小誌で発表し、小説家としてデビュー。

鈴木英治《すずき・えいじ》
'60年静岡県生まれ。'99年「駿府に吹く風」（刊行時『義元謀殺』に改題）で角川春樹小説賞特別賞を受賞しデビュー。'12年歴史時代作家クラブ賞シリーズ賞を受賞。近著は『突きの鬼一　饗宴』。

阿部暁子《あべ・あきこ》
岩手県生まれ。'08年「いつまでも」（刊行時『屋上ボーイズ』に改題）でロマン大賞を受賞しデビュー。近著は『実写映画ノベライズ　思い、思われ、ふり、ふられ』。

赤神諒《あかがみ・りょう》
'72年京都府生まれ。'17年「義と愛と」（刊行時『大友二階崩れ』に改題）で日経小説大賞を受賞しデビュー。近著は『仁王の本願』。

武内涼《たけうち・りょう》
'78年群馬県生まれ。'11年『忍びの森』でデビュー。'15年「妖草師」シリーズで徳間文庫大賞を受賞。近著は『謀聖　尼子経久伝　青雲の章』。

松下隆一《まつした・りゅういち》
'64年兵庫県生まれ。作家、脚本家。'07年「二人ノ世界」で日本シナリオ大賞佳作入選、'20年に映画化。'20年「もう森へは行かない」（刊行時『羅城門に啼く』に改題）で京都文学賞受賞。近著は『春を待つ』。

矢野隆《やの・たかし》
'76年福岡県生まれ。'08年「蛇衆綺談」（刊行時『蛇衆』に改題）で小説すばる新人賞を受賞しデビュー。近著は『戦百景　桶狭間の戦い』。

鳴神響一 なるかみ・きょういち

’62年東京都生まれ。’14年「蜃気楼の如く」（刊行時『私が愛したサムライの娘』に改題）で角川春樹小説賞を受賞しデビュー。同作で’15年野村胡堂文学賞を受賞。近著は『脳科学捜査官　真田夏希　ヘリテージ・グリーン』。

近衛龍春 このえ・たつはる

’64年埼玉県生まれ。’97年『時空の覇王』でデビュー。近著は『脇坂安治　七本鑓と水軍大将』。

吉森大祐 よしもり・だいすけ

’68年東京都生まれ。’17年『幕末ダウンタウン』で小説現代長編新人賞を受賞しデビュー。’20年『ぴりりと可楽』で細谷正充賞受賞。近著は『うかれ十郎兵衛』。

天野純希 あまの・すみき

’79年愛知県生まれ。’07年に『桃山ビート・トライブ』で小説すばる新人賞を受賞しデビュー。’13年『破天の剣』で中山義秀文学賞、’19年『雑賀のいくさ姫』で日本歴史時代作家協会賞作品賞を受賞。近著は『もろびとの空　三木城合戦記』。

砂原浩太朗 すなはら・こうたろう

’69年兵庫県生まれ。’16年「いのちがけ」で決戦！小説大賞を受賞しデビュー。’21年『高瀬庄左衛門御留書』で直木賞・山本周五郎賞候補、舟橋聖一文学賞など受賞。近著は『黛家の兄弟』。

高田崇史 たかだ・たかふみ

’58年東京都生まれ。’98年『ＱＥＤ　百人一首の呪』でメフィスト賞を受賞しデビュー。近著は『源平の怨霊　小余綾俊輔の最終講義』『采女の怨霊　小余綾俊輔の不在講義』。

初出／小説現代二〇二二年一・二月合併号

読《よ》んで旅《たび》する鎌倉時代《かまくらじだい》

小栗《おぐり》さくら　鈴木英治《すずきえいじ》　阿部暁子《あべあきこ》
赤神《あかがみ》 諒《りよう》　武内《たけうち》 涼《りよう》　松下隆一《まつしたりゆういち》　矢野《やの》 隆《たかし》
鳴神響一《なるかみきよういち》　近衛龍春《このえたつはる》　吉森大祐《よしもりだいすけ》
天野純希《あまのすみき》　砂原浩太朗《すなはらこうたろう》　高田崇史《たかだたかふみ》

講談社文庫
定価はカバーに
表示してあります

2022年2月15日第1刷発行

KODANSHA

発行者──鈴木章一
発行所──株式会社　講談社
東京都文京区音羽2-12-21　〒112-8001
電話　出版 (03) 5395-3510
販売 (03) 5395-5817
業務 (03) 5395-3615

Printed in Japan

デザイン─菊地信義
本文データ制作─講談社デジタル製作
印刷───豊国印刷株式会社
製本───株式会社国宝社

ISBN978-4-06-526983-1

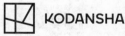

講談社文庫刊行の辞

二十一世紀の到来を目睫に望みながら、われわれはいま、人類史上かつて例を見ない巨大な転換期をむかえようとしている。

世界も、日本も、激動の予兆に対する期待とおののきを内に蔵して、未知の時代に歩み入ろうとしている。このときにあたり、創業の人野間清治の「ナショナル・エデュケイター」への志を現代に甦らせようと意図して、われわれはここに古今の文芸作品はいうまでもなく、ひろく人文・社会・自然の諸科学から東西の名著を網羅する、新しい綜合文庫の発刊を決意した。

激動の転換期はまた断絶の時代である。われわれは戦後二十五年間の出版文化のありかたへの深い反省をこめて、この断絶の時代にあえて人間的な持続を求めようとする。いたずらに浮薄な商業主義のあだ花を追い求めることなく、長期にわたって良書に生命をあたえようとつとめるところにしか、今後の出版文化の真の繁栄はあり得ないと信じるからである。

同時にわれわれはこの綜合文庫の刊行を通じて、人文・社会・自然の諸科学が、結局人間の学にほかならないことを立証しようと願っている。かつて知識とは、「汝自身を知る」ことにつきていた。現代社会の瑣末な情報の氾濫のなかから、力強い知識の源泉を掘り起し、技術文明のただなかに、生きた人間の姿を復活させること。それこそわれわれの切なる希求である。

われわれは権威に盲従せず、俗流に媚びることなく、渾然一体となって日本の「草の根」をかたちづくる若く新しい世代の人々に、心をこめてこの新しい綜合文庫をおくり届けたい。それは知識の泉であるとともに感受性のふるさとであり、もっとも有機的に組織され、社会に開かれた万人のための大学をめざしている。大方の支援と協力を衷心より切望してやまない。

一九七一年七月

野間省一